22,80

CB143288

indicador

5 Dedos de Prosa

CAROL FALCÃO
JUNHO/2002

Carlos Heitor Cony

o indigitado

OBJETIVA

© 2001 by Carlos Heitor Cony
Todos os direitos desta edição reservados à
Editora Objetiva Ltda.
Rua Cosme Velho, 103 • Rio de Janeiro • RJ
22241-090 • Tel. 2556 7824 Fax 2556 3322
www.objetiva.com.br

Capa e projeto gráfico
Evelyn Grumach
Assistência de projeto
Tatiana Podlubny

Fotos
Simone Rodrigues
Assistência de fotografia
Cris Veneu

Coordenação Editorial
Isa Pessôa

Revisão
Tereza da Rocha
Renato Bittencourt

Editoração Eletrônica
FA Editoração

2001

C768i

Cony, Carlos Heitor
O indigitado / Carlos Heitor Cony. - Rio de Janeiro: Objetiva, 2001

182 p. (Cinco dedos de prosa - Indicador) ISBN 85-7302-388-0

1. Literatura brasileira - Romance. I. Série. II. Título

CDD B869.3

Prefácio

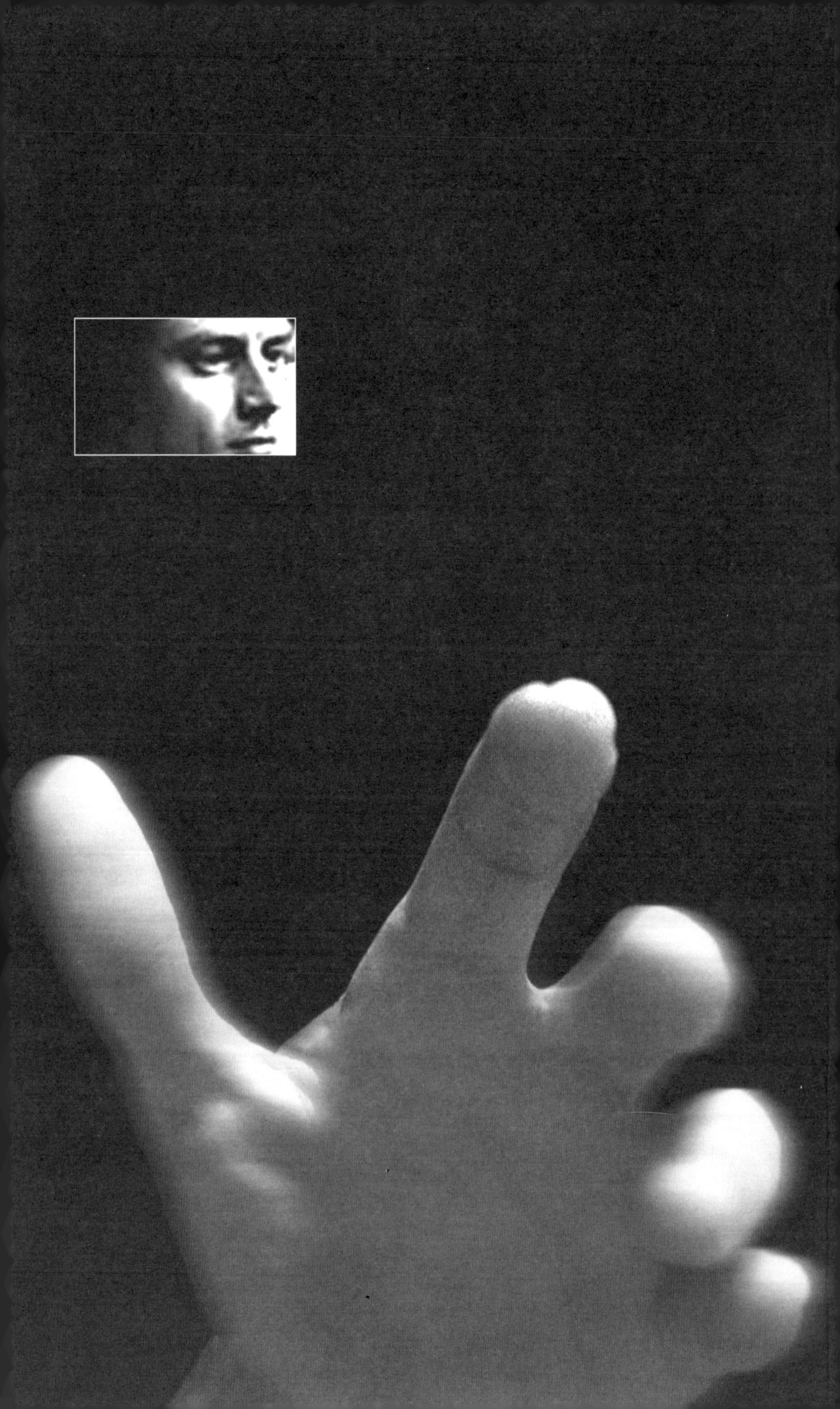

A curiosa história do menino trocado no berço

Contei esta história há tempos, numa coluna da página 2 da *Folha de S.Paulo* e muitos leitores, sobretudo leitoras, me escreveram perguntando se era verdade. Mario Prata, em livro recente, contou-a a seu modo e é natural que eu a conte a meu modo e com maiores detalhes, uma vez que, além de mais interessado do que o Mario, o personagem principal sou eu mesmo. Vamos a ela.

Eu tinha meses, para ser exato, dois meses de vida. Era um bebê gordo, preguiçoso e sonolento. Dormia o tempo todo, criava pouquíssimos casos. Minha mãe fora à cidade, deixou-me aos cuidados da irmã dela, que era moça, noiva de um poeta de Barra do Piraí. Mas havia no pedaço um viúvo que ela estava a fim e o coração de tia Zulmira balançava entre o poeta sem futuro e o sólido viúvo que era funcionário graduado da Central do Brasil.

Zulmira estava à janela, que funcionava mais ou menos como a TV daquele tempo. Via a programação da tarde, que devia ser como a de hoje, para o público feminino que fica bestando entre o almoço e o jantar. Nisso passaram duas ciganas, uma delas com um filho pequenino ao colo. Fazia calor e elas pediram um copo d'água. Em paga, leriam a mão da minha tia.

Não custava nada. Ela foi à copa, trouxe a gorda moringa de barro com água fresca e estendeu a mão para ser lida. Uma das ciganas ficou preocupada. Viu coisas terríveis naquelas linhas e desejou se aprofundar no futuro da moça. Pediu então pó de café, para com ele marcar melhor as linhas da mão.

Tia Zulmira voltou à copa, trouxe o pó de café, a cigana esparramou o pó pela mão dela e descobriu que minha tia se casaria com o viúvo — o que de fato aconteceu.

Pediram ainda uns trocados, beberam mais água e foram embora. Zulmira voltou à janela, emocionada, afinal, ela se casaria com o homem que gostava. E quando minha mãe chegou foi logo contando a novidade. Mas não chegou a contá-la toda. Apavorada, minha mãe deu um grito: "Onde está o Tutuquinha?" Para quem não sabe, o Tutuquinha era eu, o apelido fora me dado à revelia.

Zulmira mostrou o berço: "Está aí, não chorou nem nada, é um santinho!" Minha mãe agarrou o bebê e exibiu-o à irmã: "Isto não é o meu filho! Olhe só, esse monstro! Meu filho é um anjo, o que foi feito dele?"

As ciganas haviam levado o Tutuquinha, filho de minha mãe, e deixado no berço um bebê hediondo, cor de cobre, faminto e feio.

Quando o pai chegou, ainda tentou consertar as coisas mas os ciganos, naquele tempo, tinham o dom da ubiqüidade, apareciam e desapareciam sem deixar rastros. Uma semana depois, estavam todos conformados com a troca.

Quem nunca se conformou fui eu próprio. Todo homem tem direito às dúvidas, sábios e loucos, santos e pecadores, todos cultivam as mesmas perplexidades, de onde vim, quem sou eu, para onde vou etc. Como se não bastassem essas dúvidas, às quais todos têm direito, eu tenho cá outro tipo de dúvida mais estúpida e cruel: a de não ser eu mesmo.

Meus pais se resignaram, afinal, o berço não ficara vazio. De minha parte, até hoje não me resignei. Cresci não sendo eu e acho que fui mudo até os cinco anos em sinal de protesto. Que diabo, eu não era eu, podia ser um outro menino, menos encabulado, menos abominável.

Lembro que, aos cinco anos, o pai colocou na vitrola uma das "Danças húngaras" de Liszt, e eu guardei aquela música como um alumbramento, até hoje me lembro da emoção com que, debaixo da mesa, a ouvi — meu lugar preferido era sob a mesa, meu ponto de observação do mundo e da humanidade que me rodeava.

Corrompi-me aos poucos, mas com notáveis progressos. Após a fase adulta, comecei a me preocupar comigo mesmo, ou seja, com aquele Tutuquinha que era eu e que andava pelo mundo fazendo sei lá o quê. Seria feliz? Estaria na cadeia? Ou vendendo utensílios de cobre ao longo das estradas? Teria se casado com uma cigana bonita, de seios enormes e ancas sensuais? Teria sido morto numa briga por causa de mulher? Ou teria matado pelo mesmo e bastante motivo?

Durante anos, sempre que esbarrava com um cigano, eu o examinava com atenção: eu podia estar diante de mim mesmo.

Em Praga, no ano de 1968, passei umas semanas esperando o avião que me levaria a Havana. Manhã de domingo, junto àquela sinagoga ao lado do velho cemitério dos judeus, vi uns ciganos em festa.

Cantavam uma canção cigana que eu aprendera por aí: "Minha pátria, do norte ao sul, é um teto vasto, um céu azul". Já que cantavam em português, perguntei se eram brasileiros. Eram. Um dos ciganos me olhou com raiva, eu lhes invadira o território, profanara a alegria deles.

Tinha a minha idade. Eu o encarei. Por um momento nos odiamos. Temendo a briga, uma jovem cigana, de olhos negros e mortíferos, levou-o para longe. Tenho a suspeita de que foi a única vez que realmente olhei para mim mesmo.

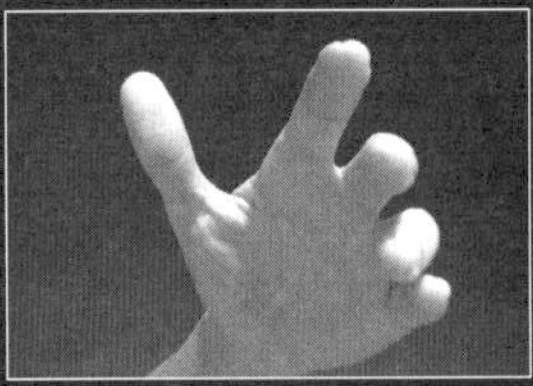

parte 1

A busca

O menino

O ano da graça de 1966 foi um ano sem graça. Nada aconteceu de importante, a não ser o meu nascimento, coisa que não teve graça alguma, nem mesmo para mim.

Tampouco teve qualquer importância para o mundo, a menos que, de repente, da noite para o dia, eu faça alguma coisa importante, consiga a quadratura do círculo ou descubra onde estão os ossos de Dana de Tefé.

(Pode parecer desimportante esta última façanha, mas em tempo oportuno falarei dela, quem foi Dana de Tefé e, sobretudo, por que foi importante descobrir onde estavam seus ossos assassinados.)

Menos importante do que o ano, o bairro era o Lins de Vasconcelos, que na verdade nem chegava a ser bairro, mas uma terra-de-ninguém na Zona Norte do Rio de Janeiro, entre o Engenho Novo e o Méier, vagamente conhecido como Boca do Mato, embora não chegasse a existir mato por ali.

O dia não vem ao caso. Talvez fosse início de maio ou junho, o que não faria diferença nem para esta história nem para o mundo em geral. Jandira estava à janela da casa 214 da rua que dera nome ao bairro.

Deviam ser duas, três horas da tarde. A mãe havia saído, fora ao Méier comprar roupas para o filho de dois, três meses, que nascera em março. Um garoto gorducho, que já revelava um caráter agitado: quase não dormia mas tampouco quase não chorava. Era estóico e tinha motivos para isso.

Nascera aleijado, a mão direita só tinha quatro dedos, um defeito qualquer em sua fabricação e ele viera sem o indicador daquela mão.

O dedo, pelo menos até aquele dia e momento, não lhe fazia falta. Mesmo assim, passava o tempo, noites e dias incluídos, de olhos abertos, como se procurasse motivo ou explicação para o fato de ter nascido. É possível que não tivesse consciência de que tinha um dedo a menos. Como lhe sobrassem os nove restantes, devia se dar por satisfeito.

Alguma coisa dentro dele o advertia contra o mundo, por isso ficava de olhos abertos, olhos claros, olhos bonitos, que vinham de geração em geração pelo ramo paterno, aqui chegado no final do século anterior, de terras da França, segundo alguns de Saint-Malo, porto de piratas e bucaneiros. Segundo outros, de Marselha, porto também, mas de traficantes e marginais oriundos do norte da África.

Misturar a África com o Lins de Vasconcelos seria um desatino, mesmo que passando pelas escalas de Saint-Malo ou Marselha. Mas assim foi o meu nascimento e assim fui eu, pelo menos até o dia em que a mãe foi fazer compras no Méier e me deixou com sua irmã Jandira, então solteira, que estava à janela da casa 214 da rua que dera nome ao bairro, tal como foi dito.

As ciganas

Também foi dito que eram duas, três horas da tarde. Apesar de ser maio ou junho, fazia calor, sempre faz calor no Rio e sobretudo na Zona Norte da cidade. O sol batia com força no asfalto que cobria os paralelepípedos desalinhados da rua, e o calor subia do chão, que um vizinho, aposentado dos Correios e Telégrafos, chamava de "fornalha", metáfora que se não era original, tornava-se adequada.

Jandira levara para a sala o berço onde eu dormia, apesar dos olhos abertos. Não sei como conseguia isso, mas o fato é que todos acreditavam que eu dormia.

Ela abriu as três janelas que davam para a rua, para o calor e para o sol do início de tarde. E postara-se com seus braços redondos e brancos no peitoril, olhando a rua onde aparentemente nada havia para ser olhado.

O bonde que servia ao bairro passava de 15 em 15 minutos, os carros ainda eram poucos. E como o trecho era residencial, as casas tinham as janelas fechadas por causa do calor e da falta de interesse da rua, do bairro, da cidade, do país e do mundo.

Duas ciganas vinham descendo a ladeira, a rua Lins faz uma curva para cima, daí o nome de Ladeira do Lins para designar aquele pedaço urbano.

Quarenta anos antes, em 1926, ali houvera um crime de morte, complicada mistura de ciúme, suspeitas, adultério, flagrante e tiros, que deram relevo à rua e à ladeira. A mulher chamava-se Alzira, o marido chamava-se Acácio. O amante chamava-se Sacadura. O crime emocionou a cidade e passou a ser conhecido como "A tragédia da Ladeira do Lins".

(Ao contrário do caso de Dana de Tefé, caso complicado que nunca se solucionou, ficando como um dos mistérios da crônica policial do Rio, a tragédia da Ladeira do Lins foi esclarecida e considerada um sinal dos tempos.)

As duas ciganas, como foi dito, desciam a ladeira, uma delas trazia ao colo uma criança enrolada num xale de seda de variadas cores, ao gosto dos ciganos. O garoto dormia, não apenas por causa do calor, mas também porque, apesar de seus dois a três meses de idade, já se anunciava preguiçoso e inútil, que se pudesse – e o futuro comprovaria esta verdade – dormiria sempre, em parte porque gostava de dormir, em parte porque assim não se comprometeria com nada.

Também foi dito que as janelas daquela rua naquele momento estavam fechadas por causa do calor, menos as três do número 214, numa das quais, com seus braços redondos e brancos, postara-se Jandira, a cujos cuidados ficara o filho de minha mãe que fora ao Méier fazer compras.

Ao passarem pelo 214, as ciganas viram e foram vistas por Jandira à janela. E como era costume entre ciganos e ciganas, toda vez que encontravam um não-cigano disponível ou em transitória disponibilidade, elas se dirigiram à Jandira com aquele sotaque também dos ciganos, aberto nas vogais, dialeto composto por sílabas cantadas, e outras tantas rascantes, mixórdia que às vezes parecia espanhol, outras vezes mistura de alemão, o alemão duro e austero, tudo isso de cambulhada com o doce linguajar dos romenos.

As ciganas perguntaram se Jandira não queria conhecer o futuro que estaria traçado nas linhas de sua mão. Embora tivesse curiosidade em saber que vida lhe aguardava, Jandira disse que não, fora criada em ambiente provinciano, nos fundos do antigo Estado do Rio, temia os desconhecidos e aprendera a evitar intimidades com estranhos.

Em 1966, ela atravessava uma crise que julgava a mais importante de seus primeiros 20 anos. Amava um sujeito que morava no Leblon, filho de um coronel da Aeronáutica, que não fazia nada, passava na praia o tempo que podia e não podia.

Embora amando esse rapaz, Jandira estava quase noiva de um cara que prometia futuro melhor, estudava Engenharia no Largo de São Francisco e tinha um passado ainda melhor, recebera uma herança misteriosa, não se sabia se do pai ou dos padrastos, pois tinha pai e padrastos ao mesmo tempo, coisa comum na segunda metade do século passado e não incomum em outros séculos igualmente passados.

Apesar de assim dividida, tendo diante de si dois caminhos a escolher, Jandira não daria sua mão a nenhuma cigana para tomar antecipado conhecimento do futuro. E as duas ciganas, de uma forma ou outra, já estavam acostumadas a esse tipo de reação inicial. Sabiam que não-ciganos têm curiosidade pelo destino, coisa que os ciganos, povo sem destino, estão dispensados há séculos.

Informadas de que Jandira não tinha interesse em conhecer o futuro, uma das ciganas abordou-a de outro modo, chamando-a ao presente e tentando-lhe a caridade. O calor estava forte, elas andavam e andavam pelas ruas sob o sol acachapante da Zona Norte, a amiga dela, ali ao lado, trazia o filhinho ao colo, todos esbaforidos, sedentos, seria difícil um copo de água fresca?

Jandira olhou os três, as duas ciganas e o garoto no colo de uma delas, não custava nada o ato de misericórdia, disse que sim, iria lá dentro buscar uma garrafa na geladeira, e os copos. Ganha a batalha inicial, a cigana deu mais um passo em direção à conquista da cliente. O sol estava forte, elas caminhavam desde a manhãzinha, seria possível entrar e, além da água gelada, descansarem uns minutos? O garoto podia ter uma coisa, uma insolação.

Deixando a janela, Jandira foi abrir a porta ao lado e convidou as ciganas a entrarem. Sentiu remorso, afinal, a casa não era dela, mas da irmã, recebera instruções para não abrir a porta nem para o Papa, se acaso o papa reinante, que era Paulo VI, passasse por aí e igualmente pedisse sombra e água fresca.

Mas o menino que dormia no colo de uma das ciganas estava tão afogueado, tão vermelhinho, que Jandira colocou a caridade acima da cautela.

Empurrou para um canto o bercinho onde eu olhava o teto, e pediu que as ciganas se acomodassem, enquanto ela ia à copa, buscar a água.

Não demorou. Logo voltou com a garrafa de água saída da geladeira e dois copos. Serviu às ciganas, e uma delas serviu ao guri, enchendo uma espécie de mamadeira com a água gelada. Jandira apreciou o jeitinho doce do bebê que, mesmo dormindo, sugava com força a água geladinha. Ela pensou: "Que garoto bonzinho, dorme e bebe dormindo, não é como o meu sobrinho que nunca dorme, para beber água ou leite exige uma operação complexa, em que entram ameaças, o biquinho da mamadeira polvilhado com açúcar." E ainda a obrigava a cantar uma canção infantil, do tipo "Bebe, filhinho, do meu coração, bebe a mamadeira pra espantar o bicho-papão".

Apesar da sede e dos rostos afogueados, as ciganas não beberam com pressa. Pelo contrário. Tomaram a água em pequenos e espaçados goles, enquanto seus olhos negros vasculhavam toda a sala, apalpando-a, cheirando-a, avaliando-a.

As ciganas mostraram os copos vazios e pediram que a caridade fosse renovada. Jandira voltou à cozinha, trouxe uma garrafa maior.

Reconfortadas pela água gelada, as ciganas insistiram em ler a mão de Jandira, não cobrariam nada. Constrangida, e ao mesmo tempo curiosa, Jandira continuou recusando. Uma das ciganas, já com intimidade, segurou-lhe a mão com um gesto suave, como se fosse tomar-lhe a bênção. Deu uma risada.

– E a menina tem medo que lhe leia a mão!

Encorajada pela frase que parecia promissora, Jandira se rendeu e ficou sabendo maravilhas a seu respeito, faria uma viagem, ganharia uma herança, casaria com o homem que amava etc. etc.

E as ciganas muito tempo continuariam ali, se Jandira não tivesse medo de que a irmã de repente voltasse do Méier, surgisse ali na sala e reclamasse das ciganas, daquela intimidade, os copos suados da água de sua geladeira, onde se viu?, abrir a porta da casa para duas estranhas, ciganas além do mais, gente suspeita, sem teto e sem céu.

Jandira tratou de se livrar das ciganas, que cooperaram na ação, tratando de ir embora com pressa. Ela ainda se condoeu da criança, perguntou se não tinham uma sombrinha para protegê-la do sol. Estranhou que, com aquele calor tão forte, a mãe do menino o envolvesse no imenso e colorido xale, mal se via o rostinho do bebê, somente o nariz de fora.

Quando as duas chegaram à calçada, Jandira recolocou os braços brancos e redondos no peitoril e, como era costume naquele tempo, recomendou:

– Vão pela sombra!

A herança

Quinze, vinte minutos após, chegava a mãe, tão afogueada quanto as ciganas. Do Lins ao Méier podia-se ir a pé, cortando diversas e ensolaradas ruas. E mais afogueada ficou porque tinha pressa em provar as roupas que comprara para o filho, que ela amava duplamente, por ela e pelo marido, meu pai, que naquele tempo não me amava, entre outros motivos, porque nascera aleijado, sem o dedo indicador.

Havia razões para explicar a birra do pai com o filho. Razões que vim a saber mais tarde.

Antes dos modernos métodos de conhecer antecipadamente o sexo e as condições dos bebês ainda no ventre das mães, tão logo as crianças nasciam, as parteiras, os médicos e os próprios pais, mais tarde até as visitas, a primeira coisa que faziam era contar os dedos das crianças, para ver se faltava algum. Ou, em caso oposto, se havia dedo a mais.

No meu caso, o exame foi positivo. Faltava-me um, o indicador da mão direita. Razão suficiente para o pai, que ao longo da vida tivera diversas e nutridas doenças venéreas, fosse acusado de sifilítico. Não havia Aids naquele tempo e a sífilis era o terror, a advertência mais vexatória para denunciar a promiscuidade sexual.

Como o pai, em sua mocidade, e mesmo em sua fase adulta, não dava bola para isso, tivera uma coleção de doenças, desde a tradicional gonorréia, até manifestações sofisticadas do abuso sexual, como esquentamentos diversos, esporão, crista-de-galo e outras moléstias que nem tinham nome específico na medicina da época. Somadas e mal tratadas porque os antibióticos também ainda não existiam, a promiscuidade formava um todo desabonador que em linhas gerais terminava ou começava em sífilis.

E todos os brasileiros de então, de uma forma ou outra, eram sifilíticos em algum grau. Cientistas estrangeiros, que aqui vinham dar aulas ou fazer pesquisas, admiravam-se de não sermos um povo totalmente degradado, com manifestações de loucura e aleijões irreparáveis pelo determinismo genético.

Um desses cientistas, que chegou a tentar o Prêmio Nobel, fez um relatório para a Organização Mundial de Saúde. Aproveitando uma marchinha de carnaval, cantada por turistas que chegavam ao Rio, "oh, que terra boa pra se farrear", ilustrou seu artigo com uma charge em que se viam pequeninos micróbios, com camisas de malandro, onde se lia: "treponema pallidum". E todos eles desembarcavam de um navio cantando a mesma marchinha, oh, que terra boa pra se farrear!

Por ocasião do noivado, houve escaramuças entre o noivo e a família da noiva, que desejava um exame pré-nupcial – já então era moda esse tipo de garantia conjugal. A noiva submeteu-se, forçada ou não pela família, mas o noivo recusou-se, invocou seu direito de ir e vir, de fazer isso ou aquilo. Lembrou que por ocasião da vacina obrigatória contra a febre amarela, ao tempo de Oswaldo Cruz, houve revolução, saiu tiro, porque a maioria da população se recusava a ser invadida em sua carne, corrompida em seu sangue pelas seringas da Saúde Pública.

O fato é que não fez o exame nupcial, criando a suspeita que o meu nascimento comprovou. A falta do dedo indicador do filho revelava o sangue contaminado do pai.

Nada podendo fazer contra a evidência, o pai decidiu que não amaria aquele filho, o que obrigou a mãe, pela lei da compensação, a amar em dose dupla o filho aleijado.

Mas por pouco tempo.

O rapto

A mãe chegou do Méier com duas ou três camisolinhas de cambraia, compradas para o filho. Jandira ainda estava à janela, com os braços brancos e redondos apoiados no peitoril. Fez um sinal para a irmã que se aproximava, avisando-a de que tudo estava bem, nenhuma novidade, o menino no berço, olhando o teto, dormindo de olhos abertos.

Ao entrar na sala, perguntou à irmã se tudo estava bem mesmo, se o menino chorara. Jandira garantiu que o menino era um anjo, dormira o tempo todo.

A mãe foi ao berço, com uma pequena camisola cor-de-rosa na mão.

Deu um grito:

– Cadê meu filho?!

Sem sair da janela, Jandira nem se incomodou em responder. Evidente que o filho da irmã estava ali, no bercinho, no centro da sala.

A mãe continuava a gritar:

– Cadê meu filho? O que fizeram com o meu filho?

Só então Jandira voltou-se e ia dizer que o garoto estava ali. Mas também ela teve vontade de gritar.

No berço, de olhos pela primeira vez fechados, dormindo com as mãozinhas fechadas junto ao rosto moreno, estava lá o menino, em nada parecido com o sobrinho que era eu, que até então sempre vivera de olhos abertos, olhos claros e herdados de vagos, vaguíssimos ancestrais de Saint-Malo, porto de piratas e bucaneiros.

– O que é isso? – perguntou a mãe, num soluço que era mais forte do que o grito.

O garoto acordou. Seus olhinhos escuros pareciam estranhar o que estava acontecendo. Olhou a cara das duas mulheres, a mãe e a tia, não as reconheceu. E como tinha preguiça, e além da preguiça tinha sono, esfregou os olhos com as duas mãozinhas pequeninas e arroxeadas.

Minha mãe deu um berro:

– Olhe! Ele tem cinco dedos!

Providências

Nenhuma providência seria tomada, ao menos imediatamente. Jandira reconheceu que o menino fora trocado, contou a história das ciganas, história que a mãe nem chegou a ouvir direito, não se cansava de olhar o garoto, principalmente sua mão direita, onde cinco dedinhos, dobradinhos e vermelhinhos, pareciam guardar uma revelação.

Houve muito choro, menos o da criança, que continuou dormindo, sem tomar conhecimento do drama que provocava. E após muito chorarem, mãe e tia foram para a rua, ver se encontravam as ciganas ou um guarda, um representante da lei que pudesse tomar providências genéricas e oficiais.

Não encontraram nem ciganas nem guarda, e por mais que gritassem confusamente, clamando pela criança raptada, não conseguiram mobilizar a sociedade. Após uma corrida inútil e uma gritaria igualmente sem resultado, voltaram desanimadas para o 214 e aí se lembraram de telefonar para o pai, que devia estar no banco em que trabalhava.

Não estava.

O vizinho que morava no 212, o tal senhor aposentado dos Correios e Telégrafos, que fazia sua sesta na hora do evento, ao acordar tomou conhecimento dos fatos e, embora não apreciasse meu pai, prontificou-se a dar alguns palpites, um dos quais foi seguido pela minha mãe: ir ao distrito mais próximo e dar queixa.

Novamente Jandira ficou encarregada de tomar conta de mim – o que era a primeira e mais importante inverdade a meu respeito. Eu não era mais eu.

Posteriormente, é claro, ouvi várias versões desta ida à delegacia. Por sugestão do vizinho que trabalhara nos Correios e Telégrafos, não seria difícil encontrar a criança roubada. Bastava procurar todas as ciganas da cidade e examinar suas crianças de colo. Se aparecesse uma delas com quatro dedos na mão direita, era evidente que se tratava de minha pessoa, do filho da minha mãe e sobrinho de Jandira.

O comissário atendeu com interesse, mais interesse do que boa vontade, a pequena comitiva (além de minha mãe e do vizinho, no meio do caminho algumas pessoas se incorporaram à caravana, movidas não pela solidariedade, mas pela curiosidade). Aprovando a sugestão do vizinho, o policial prometeu que todas as ciganas encontradas seriam investigadas, era uma questão de tempo, de dois a três dias.

A comitiva voltou para a rua Lins de Vasconcelos. Todos se sentiam reconfortados por terem feito uma boa ação, menos a mãe, que embora tivesse esperanças de reaver o filho, temia a reação do marido, o senhor meu pai.

Cada qual voltou para sua casa, a rua ficou deserta outra vez. Era hora de preparar o jantar, o mundo voltava a funcionar, inclusive ali, na Lins de Vasconcelos, 214.

Mas se havia esperanças gerais no resgate do menino roubado, pelo menos na casa do aposentado dos Correios e Telégrafos começava uma dúvida que, com o tempo, se tornaria certeza. A mulher do aposentado, senhora magra, de óculos, e que usava uma bengala que lhe dava a aparência de bruxa, se não era bruxa de carne e osso, entendia de bruxarias e ciências afins.

Entendia inclusive de ciganos. E foi ela quem colocou a primeira e mais indestrutível dúvida na possibilidade do meu resgate:

– Vocês não sabem o que se passa na alma cigana. Eles não roubam por maldade, roubam por roubar, como numa brincadeira entre amigos. Levaram o garoto mas logo o trocarão por outro, e assim sucessivamente. Eles acreditam que, não sendo ciganos, todos são iguais e não há diferença entre um e outro.

Eu iria dar razão à vizinha, sentindo na própria carne essa não-diferença.

O pai

O pai chegou à hora em que costumava chegar, ali pelas oito, nove horas da noite. O expediente do banco terminava às cinco, mas ele se habituara a ficar pela cidade, fazendo uma porção de coisas ou não fazendo nada.

Não fora previamente avisado e naquele tempo não havia telefone celular. Tinha um fusca azul-turquesa, e como havia um terreno baldio na altura do número 258, era ali que estacionava o carro, cobrindo-o com um impermeável cor-de-burro-quando-foge.

Mal acabava de colocar o impermeável sobre o carro, uma vizinha do 246, que o esperava desde o início daquela tumultuada tarde, colocou-o a par dos acontecimentos. E como achava que tinha muito o que contar, o fez confusamente, com gestos e expressões de desolada solidariedade.

Na verdade, o pai não entendeu direito, pensou que as ciganas haviam roubado o rádio da casa dele, um poderoso alta-fidelidade marca Philco, comprado à prestação na Mesbla, que ele ainda estava pagando.

Como se formou esta idéia na cabeça dele, é coisa que jamais será devidamente explicada. O fato é que foi com esta idéia que entrou em casa. Ficou aliviado quando viu que o aparelho continuava no lugar de sempre, os pés de palito lembrando alguma coisa dos prédios de Brasília, recém-inaugurada.

Quando minha mãe, aos prantos, o empurrou para o quarto, mostrando-lhe o berço e confusamente explicando que o filho fora trocado pelas ciganas, o pai se precipitou para o garoto, agarrou-o com sofreguidão e examinou-lhe a mão direita.

Quando contou os cinco dedos, sentiu um alívio brutal em alguma parte de sua alma ou de sua carne. Mas em respeito à dor da mulher, e achando que devia fazer ou dizer alguma coisa, declarou o que mais ou menos esperava-se dele:

– Isso não vai ficar assim!

Ficou assim mesmo

A verdade é que ficou assim mesmo. Nos primeiros dias, o caso ameaçou um desdobramento, várias foram as conjecturas e várias foram as idas da mãe e do pai à delegacia, para saber se alguma cigana fora encontrada com uma criança que tivesse quatro dedos na mão direita.

Ninguém suspeitou, nem o comissário, nem os escrivãos da delegacia, nem minha mãe, nem minha tia Jandira, ninguém mesmo suspeitou do pai. Somente eu, anos mais tarde, é que fiquei sabendo que ele, no fundo, estava satisfeito com a troca de bebês.

Afinal, o filho aleijado era a prova daquela acusação que o perseguia desde o tempo do noivado. Ele não passava de um sifilítico, em dose dupla, pois além da sífilis hereditária, que viera de seus maiores, tinha também a sífilis adquirida nos anos de sua intemperança sexual, quando freqüentara os puteiros mais variados da cidade, os do Mangue, da Rua Conde Lage, da Carlos Sampaio, e, nos dias em que ganhava as gratificações do banco, se aventurava até mesmo na Rua Alice, onde numa casa cor-de-rosa, administrada por uma Selma que se dizia ex-baronesa e dona de um castelo não sei onde, se reuniam as marafonas mais caras e dispostas a tudo.

O dedo que faltava ao filho era o indicador, justamente o dedo que, como o nome indica, serve para indicar. O filho seria, ao longo da vida, uma testemunha permanente de sua sífilis, o indicador inexistente indicando a moléstia existente.

Com a troca de bebês, ele ficaria livre do indicador que faltava na mão do filho. A mãe pouco entendeu que o pai, também aos poucos, mas inabalavelmente, fosse me amando cada vez mais, de forma abrangente e imerecida.

E assim se passaram os anos

O pai morreu como todo mundo esperava, com várias e estranhas doenças que, umas pelas outras, podiam ser atribuídas à sífilis, sífilis em dose dupla, pois, como já disse, nele era simultaneamente hereditária e adquirida.

A mãe morreu antes, de complicação broncopulmonar.

Estavam separados, há alguns anos, e a causa da separação, que poderia ser a infidelidade do pai, foi a fidelidade a mim mesmo.

Fica difícil explicar essa nuance sentimental, uma vez que a mãe jamais esqueceu que o filho não era o dela. Não quer isso dizer que tenha me odiado, ou tenha sido mãe distante ou falha. Simplesmente não me amava o bastante, ou pelo menos não me amava como meu pai me amava.

Custei a compreender o que se passava em casa e comigo. Cheguei aos 33 anos carregando esta carga suplementar, a de não ser eu mesmo. Tanto o amor do pai como a distância da mãe me intrigavam e eu não aproveitava o amor de um nem sofria a indiferença de outra.

Tentei ser menino normal, e somente com a idade fui percebendo que alguma coisa havia de errado conosco – e quando percebi isso, os pais já viviam separados.

O natural seria que eu sofresse, creio que todos os meninos cujos pais se separam acabam pegando as sobras. Somente mais tarde, muito mais tarde, aceitam a situação e, se possível, deixam de sofrer.

Não foi o meu caso.

Até onde se pode ter independência, não se apegar a nada, tanto gostar como não gostar de ser assim ou assado, tudo isso eu fui, em grau progressivamente elevado.

Afinal, eu tinha sangue cigano, alma de pirata e pernas de nômade.

Tratei de aproveitar o amor do pai e não sofri com a indiferença da mãe, desde que ela cumprisse seus deveres para comigo – e isso ela o fez, com dedicação que só não foi maior porque o pai tinha ciúmes de mim.

E foi numa crise de ciúme que eu comecei a ficar por dentro da história do meu nascimento, ou melhor, de como me tornara filho dele e de minha mãe.

Podia ter sido mais tarde, quando eu fosse adulto. Talvez eu compreendesse mais e melhor. Mas foi num rompante, no final de uma briga banal, dessas que acontecem entre marido e mulher.

Eu andava pelos sete, oito anos, era moreno, de olhos escuros e grandes, vivia pelos cantos, evitava a companhia de outros meninos, gostava de deitar no chão do quintal e ficar olhando as nuvens, era melhor do que o cinema e a TV, que nunca me atraíram.

Na rua em que morava, todos os meninos viam os programas infantis, os desenhos animados, os mais precoces já se interessavam pelo futebol, pelos filmes adultos, pelas novelas.

Eu preferia deitar no chão, sem ninguém por perto para me aporrinhar, e ficar olhando as nuvens, fossem elas gordas, bojudas e brancas como neve, fossem escuras e sinistras, fossem fiapos esparsos que serviam apenas para manchar o céu.

E quando não havia nuvem alguma, tudo azul lá em cima, ainda assim eu gostava de ficar olhando a possibilidade de uma nuvem imaginária chegar de repente e formar no céu um dragão, um castelo, uma ovelha, a cara de um monstro ou o mapa de um país inexistente.

Num dia qualquer, a mãe ia receber a visita de uns parentes, mandou que eu me lavasse e botasse uma roupa nova. Como tanto me fazia obedecer ou desobedecer, tomei o banho, botei a roupa e fui para o quintal, como sempre fazia no início da tarde, quando as nuvens ficam bojudas e nevadas.

As visitas chegaram, a mãe me chamou, quando me viu sujo de terra, a roupa amassada, olhou-me com raiva. E quando as visitas se foram, ela me chamou ao quarto dela e me encheu de porrada. Que eu aprendesse a ser civilizado, que eu devia ser educado, que eu deixasse de ser selvagem, do contrário ela me daria aos ciganos.

Naquele dia, eu não podia saber onde a mãe fora encontrar aquela ameaça relativa aos ciganos. Eles eram raros no Rio, raríssimos mesmo, para falar a verdade, até aquele dia, acho que nunca vira um cigano na vida e no mundo, nem devia saber o que era ou deixava de ser um cigano.

Como a mãe estava furiosa comigo (curiosamente, eu não estava furioso com ela), esperei o pai chegar e perguntei que história era aquela de dar os filhos para os ciganos.

Não podia imaginar que armara uma briga formidável. O pai ficou possesso, trancou-se com a mãe no quarto. Para ser justo, acredito que não chegou a haver pancadaria, o pai respeitava a mãe, não era homem violento. Mas a discussão foi terrível. Do lado de fora, com o ouvido colado à porta, ouvi palavras que não conhecia e que suspeitava serem cruéis.

Não houve jantar naquele dia, a mãe apareceu com o rosto inchado de tanto pranto, o pai tinha o rosto também inchado, de tanto gritar.

Embora sabendo, ou melhor, embora desconfiando que eu fora a causa da tempestade, não me sentia culpado nem arrependido por ter feito a pergunta sobre os ciganos. Pensando bem, acredito que até me senti lisonjeado, sabendo que podia provocar vendaval de tamanho porte. E só não fiquei orgulhoso porque o pai, saindo do quarto e indo para a sala, onde abriu o pequeno bar e começou a beber, olhou-me como nunca me olhara antes.

E disse:

– Você nunca será cigano!

O que é isso?

– Pai, que é um cigano?

Ele me encarou, lembro bem, como se pela primeira vez me olhasse, como se de repente me descobrisse. Tinha na mão um copo de bebida, gostava de gim-tônica, tomou um gole, olhou-me novamente, e ao contrário de seus hábitos, que eram sempre de amor ou de tolerância para comigo, amarrou a cara e falou como nunca o fizera antes:

– Fica proibido de falar essa palavra!

A reação dele foi tão estranha que eu esqueci de argumentar. Afinal, quem falara em cigano fora a mãe, primeiramente, depois fora ele. Eu nem sabia o que era isso.

Percebi que ele se fechava, interessado em beber e me ignorar, coisa rara de acontecer. E mais raro ainda foi que, tendo o pai bloqueado a minha curiosidade, fui me desapertar com a mãe. Sem saber, naquele instante eu estava inaugurando um sistema de vida, uma estratégia de viver: se uma porta se fechava, eu batia em outra.

A mãe se trancara no quarto, mas insisti e acabei entrando. Ela estava deitada na cama, com o rosto virado contra a parede. Eu ia repetir a pergunta que detonara o terremoto, mas me travei a tempo.

Fiquei olhando a mãe, em silêncio, até que ela perguntou:

– O que você quer? Não está satisfeito?

– Mãe, por que o pai me proibiu de falar em cigano? O que é isso?

Ela se levantou, bruscamente. Temi que me batesse. Daí que me afastei da cama, com medo de levar um tapa.

Aquele dia seria importante para mim. Quando esperava pelo pior, a mãe mudou o tom de voz, a expressão do rosto. Ao contrário do pai, que mudara repentinamente para pior, a mãe mudou para melhor.

– Vem cá, meu filho, vamos conversar.

E espaçadamente, sem dor nem alegria, contou a história das ciganas, que eu não era eu, quer dizer, não era filho nem dela nem de meu pai, mas que era amado como se fosse, e sempre seria assim, ela perdera a paciência naquela tarde, me ameaçando dar para os ciganos, era uma expressão vazia e sem sentido, não havia mais ciganos dando sopa por aí, mas ficara aquela advertência para inspirar medo às crianças, já não se acreditava em bicho-papão, em bruxas, em breve também não se acreditaria em ciganos.

Mas eles existiam em alguma parte. E em alguma parte devia haver um ciganinho de minha idade, de olhos claros, e que teria um defeito na mão direita.

E ela me pegou a mão direita, separou o indicador dos demais e disse:

– Ele não tem esse dedo.

O outro

Como já foi dito, muitos anos se passaram, enterrei pai e mãe em seu devido tempo e no mesmo lugar, o cemitério do Caju, que é o mais confiável dos cemitérios do Rio. E já sendo um solitário desde criança, fiquei mais solitário sem o pai e a mãe. E só não fiquei sozinho no mundo porque havia agora um outro eu que precisaria encontrar.

Tratei de ganhar a vida, a meu modo, o que não foi difícil. O pai prosperara, deixou-me casas, uma vila em Niterói, para as bandas de Icaraí, um sobrado na Avenida Augusto Severo, em frente ao mar, ali quase no Centro, que vendi bem, ficando com dois apartamentos de um prédio construído por uma imobiliária da época.

E como vivia sem vícios nem exageros, nunca precisei fazer o que mais detestava: trabalhar. O único problema que tive foi com a mãe, que, ao contrário do pai, sempre encontrava um meio ou um modo de me sacanear.

Ela nunca me perdoou o fato de não ter me gerado. Nunca esqueceu o guri que lhe fora roubado. O fato de ter um dedo a menos não a incomodava, acho até que ela decidira se apegar mais a ele por causa do pequeno, insignificante defeito. Ela fazia por mim tudo o que a mãe costuma fazer pelo filho, mas desde cedo eu desconfiava que ela preferia ter outro para cuidar e, sobretudo, amar.

Poderia ter guardado mágoas e afrontas, veladas ou não, que recebi durante a infância, passada sob a guarda da mãe e sob o controle do pai – o que compensava lucros e perdas. Quando morreu, o pai me empurrou para a tia, ele me amava, mas não tinha condições de ficar comigo, pois se dedicava às mulheres de forma doentia, espalhafatosa.

Fui para a casa de Jandira, que já estava casada com um elemento novo, que não fora previsto na apressada leitura de mão feita pela cigana, no dia e no momento do meu rapto.

Ela se esquecera do rapaz que fazia versos e era filho de oficial da Aeronáutica, como também esqueceu (ou foi esquecida pelo) rapaz que estudava Engenharia, que de fato recebeu uma herança tão grande que se mandou para a Europa, onde se tornou dono de um cabaré de travestis.

Casou-se com um homem austero, chamado Ubiratan de Jesus, que tinha quase dois metros de altura e já viera marcado com dois chifres na testa, pois era desquitado numa época em que não havia divórcio, e eram poucos, pouquíssimos os desquitados. Somente os casos dramáticos acabavam em desquite, e nada mais dramático do que aconteceu com este Ubiratan de Jesus que, casado com uma mineira de Sete Lagoas, surpreendeu a mulher com um amante inesperado – um anão de apenas um metro de altura, mas, segundo a lenda, possuidor de um membro avantajado.

Pior mesmo é que, de investigação em investigação, Ubiratan de Jesus ficou sabendo que a mulher, mineira de Sete Lagoas, em honra do nome de sua cidade natal, ou por maldita tendência que tinha para o mal, chegou a ter sete amantes simultâneos, o que valeu ao traído o direito legal de nada pagar de pensão à ex-mulher.

Com todo esse brilhante passado, conseguiu impressionar Jandira, que gostava de homens grandes, e tanto acentuou essa paixão por homens grandes que Ubiratan de Jesus julgou que ficaria livre de ser traído novamente por um anão.

Sou grato a ele, que inicialmente me tratou bem, quase tão bem como meu pai, que, apesar de me amar acima de todas as coisas, sempre se dedicava às mulheres que ia tombando pela vida, principalmente após separar-se de minha mãe.

Até que um dia, isolado na solidão interior em que procurava viver, descobri que estava perdendo energia e tempo me preocupando com o pai, a mãe, a tia, e até comigo mesmo. O pai não era meu pai. A mãe não era minha mãe. A tia não era minha tia. E eu não era eu.

Pelas informações recebidas, eu deveria ser quase louro como meu pai, descendente de franceses de Saint-Malo, via Marselha. No entanto, era moreno, moreno carregado, nos verões que passava em Paquetá ficava azeitonado, e só não me confundiam com um mulato porque minhas feições e meu cabelo eram de outra raça. Principalmente meus olhos, escuros e com um brilho que não revelava sagacidade mas – como diria mais tarde uma desafeta – instintos sanguinários.

Além do mais, eu tinha completa a mão direita, com os cinco dedos regulamentares. Custei a entender o fascínio que aquela mão causava a meu pai. Nos primeiros anos, quando era bebê de colo, ele chegava a me beijar a mão, com orgulho. E enquanto a mão com os dedos de praxe fazia sucesso junto ao pai, causava repugnância em minha mãe, que olhava o meu dedo indicador e ficava sabendo que eu não era filho dela nem de ninguém.

Não cheguei a amar o pai nem desprezar a mãe. Aceitava a estranha situação com uma dose de estoicismo que dizem ser próprio dos ciganos. Se cólera devia ter por alguém, essa cólera era dirigida à tia, cólera que eu dissimulava com uma amizade que era mais do que amor, pois fiz dela minha mãe verdadeira, até pelo menos aquele dia em que, não sei o que me deu, decidi que com ela teria a minha primeira experiência sexual.

A vingança se come por trás

Ao longo da vida, aprendi que a vingança, além de ser o prazer dos deuses, é um prato que se come frio. Quanto mais frio, melhor. Isso significa que entre o agravo e desagravo deve haver tempo suficiente para esfriar o manjar dos deuses, que é a vingança propriamente dita.

Nunca pretendi pertencer à categoria dos deuses, nem os ciganos se julgam descendentes deles, como outros povos que atravessaram a história. Certo que nossas origens são complicadas, ninguém até hoje chegou a um consenso sobre como apareceram os ciganos na face da Terra, tampouco como eles desapareceram, embora continue a haver ciganos em todas as partes, alguns falsificados, outros legítimos.

Eu seria, assim, um cigano legítimo, porque filho de uma cigana com outro cigano, é costume da raça não se misturar e preservar o sangue nômade entre gente da própria tribo.

Ao mesmo tempo, eu era um menino de Lins de Vasconcelos, registrado na Circunscrição Civil do Méier, onde meu pai compareceu com duas testemunhas idôneas para comunicar ao Estado que, a tantas horas do dia tal de março de 1966, nascera um menino do sexo masculino que seria eu mas não era, porque era outro.

Confesso que nos primeiros anos pouca importância dava à minha origem e ao fato de ter sido trocado no berço. Aos poucos, sabendo que a troca tivera conseqüências que iriam provocar a separação dos meus pais, comecei a sentir uma mistura de orgulho e vergonha pelo fato de não ser como os outros meninos, de ter um mistério comigo, dentro de minha carne morena, junto com minha solidão, nunca me achando onde devia estar nem fazendo o que devia fazer.

Com os pais separados, fui entregue a Jandira, que facilitara ou que fora manipulada pelo destino para o meu próprio destino de cigano sem destino.

Não tinha raiva dela, a rigor, não teria raiva de nada, embora não tivesse apego a nada. Além do mais, gostava do marido dela, o grandalhão Ubiratan de Jesus, que não sabia de nada a meu respeito, pois nem a tia nem meus pais espalhavam por aí que eu não era filho deles, ninguém sabia que eu era um cigano legítimo, função que acumulava com a condição de filho ilegítimo.

Contudo, à medida que ia crescendo, achava que devia fazer alguma coisa para vingar não exatamente a troca de bebês, mas pelo prazer da vingança em si.

Os ciganos têm fama de precoces, principalmente no sexo. Na velha Hungria, era comum o casamento de crianças de 8 a 12 anos, e houve casos em que meninas com menos de 13 anos tivessem a primeira menstruação quase ao mesmo tempo em que ficavam grávidas.

Seria um costume tribal para garantir a sobrevivência da raça. Deixar para mais tarde a tarefa de produzir filhos podia ser perigoso, através da história e da lenda, os ciganos eram perseguidos e, em alguns casos, exterminados.

Ou por isso, ou por antecipada sacanagem, o fato é que aos 13 anos, eu já estava completo como homem. Tinha ereções freqüentes, freqüentes até demais. E aí aconteceu a primeira vez, que me inaugurou como macho e me vingou da minha complicada origem.

Como disse acima, eu gostava de ficar sozinho, deitado no chão, olhando o céu e as nuvens. Indo morar com Jandira, escolhi um trecho do quintal que ficava ao lado de uma mangueira. Pela manhã, havia sombra em torno dela. À tarde, com o sol do outro lado, havia o céu aberto e azul para minha contemplação.

Acontece que, certa tarde, com Ubiratan de Jesus na papelaria, com Jandira sozinha em casa, eu me deitara no chão, havia poucas nuvens no céu e não formavam nada que prestasse.

Daí que adormeci.

Não lembro o que sonhei naquela tarde, mas deve ter sido alguma sacanagem. Ao acordar, estava em ereção, das maiores que havia tido até então. Quando voltei para dentro de casa, encontrei Jandira diferente, me olhando de forma esquisita.

Daquele dia em diante, toda vez que ia deitar no chão do quintal, percebia que ela ficava rondando a mangueira, e não custou que, uma tarde, ela trouxe uma cadeira de praia, dessas que armam e desarmam, e se instalou ao meu lado.

Levou um livro para ler. Ficava em silêncio, aparentemente lendo o livro. Eu continuava olhando as nuvens, gordas e brancas como seus braços. E uma tarde, deitado no chão e com ângulo propício, vi que suas pernas também eram redondas e brancas, pois ela as cruzara de forma incompleta, deixando à mostra aquele início de coxas que se fechavam maciamente, pedaço de sombra que, embora no corpo dela, fazia calor na minha carne.

Acreditando que Jandira estava lendo o livro, nem disfarcei a ereção. E pior do que a ereção, o olhar com que a comia. Até então, eu fora tímido com as meninas de minha idade, uma ou outra me atraía por isso ou aquilo, por nenhuma delas tive fixação.

Houve o momento em que Jandira pareceu perceber que eu a comia com os olhos, e devia ter notado o meu desejo. Mas continuou lendo, ou fingindo que lia.

Ficamos nisso, nesta e em outras tardes, que se repetiram. Era um código silencioso entre nós, nada falávamos, eu ia para o quintal, já a encontrava sentada na cadeira de praia, as pernas cruzadas, lendo o livro que nunca acabava.

No resto do dia, éramos estranhos, ou melhor, ela era a tia sem filhos, que amara um porra-louca do Leblon, casara com um gigante desquitado que tinha no sangue a hereditariedade dos cornos.

Sem filhos, sem distrações – Ubiratan passava os domingos examinando as contas da papelaria, os encargos fiscais e trabalhistas de seus empregados –, ela se resignara a uma vida sem brilho, me tratava bem porque era de boa índole, é possível que nem se lembrasse de que eu lhe devia origem e destino.

Tinha 20 anos à época da visita das ciganas. E as limitações da moça que morava com a irmã casada. Juntara-se a um homem opaco e grande, bem mais velho, e com o passado de corno gravado na testa, anunciando-o à distância. Era bonita, poderia ter encontrado coisa melhor, mas alguma coisa se quebrara dentro dela.

Vira o casamento da irmã desabar, em parte pela desastrada troca de crianças. Deixara de acreditar nas formalidades, nos anos 60 já havia a pílula anticoncepcional, as minissaias, a emancipação das mulheres, os casais que se trocavam sem necessidade de ir ao Uruguai, onde havia divórcio, nem se submeter às cerimônias problemáticas, como a do casamento na igreja do bispo de Maura, dissidência católica que casava pessoas já casadas e descasadas diversas vezes.

Não se sentia feliz nem infeliz, tinha conforto, segurança e a lealdade que Ubiratan de Jesus sabia e podia dar. Boa casa de altos e baixos em Vila Isabel, em rua arborizada, com jardim na frente e quintal no fundo, quintal que de repente ficou importante para ela. E para mim também, pois além de ver as nuvens formarem um dragão, uma catedral, uma ovelha gorda e branca, eu podia ver agora suas pernas gordas e brancas também.

Ubiratan de Jesus saía cedo de casa e voltava tarde da papelaria. Jandira tinha um ou outro compromisso durante a semana, passava a maior parte do tempo sem nada fazer, ouvindo discos na vitrola embutida num móvel *chippendale*, músicas dançantes de Waldir Calmon e seu piano, boleros dos Românticos de Cuba, quando os Beatles estouraram naquela década, ela já estava possuída por melodias dolentes ou saltitadas, "Cerejeira rosa", "Patrícia", "Lisboa antiga", "Os pobres de Paris", os temas de Nino Rota para *A doce vida*, de Fellini, filme que Ubiratan de Jesus detestara mas que ela amava acima de tudo.

À noite, via televisão, acompanhava novelas e programas de auditório, mas não era fanática. Dormia cedo – e Ubiratan de Jesus cedo também se recolhia.

Não era feliz nem infeliz, mas a partir das idas ao quintal, as tardes em que ficava de pernas cruzadas, depois da descoberta que era desejada pelo sobrinho adolescente, ficou melhor como ser humano e melhor como mulher.

Estava sempre arrumada, ela que só tomava banho pouco antes de Ubiratan chegar do trabalho. Mudara de hábitos, logo após o almoço trancava-se no banheiro, saía de lá redonda e branca, perfumada e macia, como costumam ser as mulheres na altura dos 35 anos, nem duras de carnes nem moles de formas.

Não me tratava bem nem mal, sabendo que eu pouco ligava para o que me davam, desde que me deixassem em paz, com meus olhos escuros olhando o céu, procurando dragões, catedrais e ovelhas.

Até que aconteceu.

Estávamos no quintal, ela lendo aquele livro interminável, eu olhando o céu que de repente se fechou, as nuvens desapareceram e tudo ficou cinzento e baixo, sem dragões, sem catedrais, sem ovelhas.

Começou a chover. Levantou-se, fechou o livro e a cadeira de praia. E como eu continuasse deitado no chão, ela me chamou, pedindo que entrasse.

Obedeci.

Caminhava à minha frente, usava um *short* verde apertado, uma blusa branca, que dava nó na cintura, deixando à mostra a nudez de suas costas, que eram magras, apesar de ser ela toda redondinha como uma ovelha mansa e macia.

Dentro de casa, havia apenas a empregada que dormia depois do almoço e só acordava pouco antes de Ubiratan de Jesus chegar.

Nada falamos, nem nada havia a falar. Continuou andando à minha frente, subiu os degraus de cerâmica São Caetano que formavam a escada em dois lances, ligando a parte de baixo com a parte de cima da casa.

Eu ia atrás, vendo à minha frente, apertado pelo *short* verde, o redondo mais redondo de seu corpo branco. Ao atingir o último degrau, ela parou subitamente. E eu que vinha logo atrás, choquei-me com seu corpo.

O corredor dava para os dois quartos, o meu e o dela. Uma terceira porta dava para o banheiro e uma outra para o escritório onde Ubiratan de Jesus conferia suas faturas, emitia suas notas fiscais e controlava seu deve & haver.

Jandira não se mexia, embora sentisse mais do que o meu corpo entrando no dela. Não sei o que me deu. Tive vergonha de olhar seu rosto, rosto de mulher 20 anos mais velha do que eu. A mesma vergonha ela devia estar sentindo, pois não fez movimento algum para se colocar de frente.

Sentindo-me desajeitado, ajudou-me a arriar o seu *short*. Estava nua.

Desgraçadamente, nada senti de especial, a não ser uma fúria sem explicação, quase sem desejo. Nunca tive, nunca teria raiva dela. Mas foi com ódio e prazer que a curvei e a possuí.

Opção

Com 13 anos, não podia nem queria tomar grandes decisões. Principalmente quando, por temperamento, raça, ou interesse, nunca fui dado a tomar decisões, nem grandes nem pequenas.

Até então, eu aceitara o que os outros (pai, mãe e tia) decidiam por mim, não que os aprovasse, mas por comodidade, preguiça existencial e, sobretudo, por indiferença. Nascera, fora trocado por outro, vivera uns tempos com os pais, passara a viver na casa de Jandira, não me considerava em atividade, mas em espera.

Na tarde em que a agarrei e a penetrei (ela aceitou não apenas a violentação mas a forma pela qual a possuí, bem diversa daquela que certamente Ubiratan de Jesus praticava), eu tive o pressentimento de que não poderia continuar naquela casa e naquela passividade.

Freqüentara os colégios esporadicamente, ao início de cada ano me matriculavam, eu ia à escola durante dois, três meses, não achava graça naquilo que me ensinavam, logo que aprendi a ler e a contar o suficiente, comecei a aprender por conta própria o que me interessava. Expulsei-me ou fui expulso de todos os colégios, o que aumentou a birra que a mãe tinha comigo, e encantou o pai.

Quando os dois se separaram e fui morar com Jandira, já tinha conquistado o direito de fazer o que bem entendia. Falava pouco, pensava muito, e se tinha limitações para muitas coisas, descobria habilidades em outras.

Ao contrário dos meninos que eventualmente cruzavam comigo, eu não me parecia com eles. Bem verdade que o pai me dava uma retaguarda segura, não era rico mas tinha o bastante para ele e para mim, nunca me interessei em saber como dividiram os bens por ocasião do desquite, a mãe foi morar para um lado, o pai para outro, mas tanto o pai como a mãe me garantiram que tudo o que era deles seria meu.

Daí que nunca me preocupei em ganhar a vida, de certa forma eu já a ganhara. Não me sentia obrigado a ser assim ou assado e quando me revelaram que eu não era filho de ninguém, que tinha uma origem nebulosa, achei que tudo se explicava por si mesmo.

Inclusive aquela tarde em que me tornei homem. Eu seria um ser incompleto, recalcado para sempre, se nada fizesse contra Jandira, que fora a responsável pelo fato mais importante da minha vida, mais importante até que o meu nascimento. Por falar nisso, mais importante até do que a minha morte, pois sendo um outro que não eu, talvez já tivesse morrido sem saber.

E foi pensando nessa hipótese que decidi sair da casa de Ubiratan de Jesus, sair de perto da tia – que de duas uma: ou se agarraria a mim, de forma incômoda e indecente, ou me denunciaria. E embora eu já estivesse ligando pouco para qualquer tipo de conseqüência dos meus atos, ficaria constrangido de comer na mesma mesa de Ubiratan de Jesus.

Apesar da pouca idade, tinha algum dinheiro guardado, não gastava as mesadas que o pai me dava, não ia a cinema, não era glutão, minhas necessidades sempre foram limitadas: desde que me deixassem em paz, eu nada pedia ou cobrava dos outros e do mundo.

Podia ter saído da casa deles no dia daquela posse no alto da escada, mas decidi ficar mais um tempo, adotando um comportamento que de início irritou Ubiratan de Jesus e incomodou a tia, mas depois se habituaram.

Como vivia recluso, fazendo as refeições sozinho, não falando com ninguém e me trancando no quarto ou ficando no quintal quando havia visitas, não presenciei a briga que Ubiratan e Jandira tiveram por minha causa.

Nem me espantei quando, no dia seguinte, enquanto olhava as nuvens (que estavam pródigas de signos), a empregada veio apanhar qualquer coisa que deixara por ali, olhou-me como nunca me olhara antes e perguntou se eu sabia ler a mão.

Eu estava distraído, não entendi a pergunta. E quando ela repetiu se eu sabia ler mão, nem dei resposta.

Não, não sabia ler mão de ninguém, nem mesmo a minha. Aliás, nunca tive interesse em olhar a minha mão. Sabia vagamente que os ciganos fazem coisas esquisitas, inclusive ler o destino dos outros.

Olhei a minha mão direita. Pelo relato que os pais me haviam feito, a mãe me esfregando na cara a verdade e o pai achando maravilhosa a troca de seu filho por outro, descobri que a mão inteira, com seus cinco dedos, era o meu destino em si mesma.

E que havia alguém no mundo, em alguma parte do mundo, que teria um dedo a menos naquela mão. E que esse alguém é que devia ser eu, um eu talvez acomodado, igual a todos, adequado ao tipo de vida que todos levavam, menos eu.

O dono

Não precisava de muita sabedoria para descobrir que ninguém era dono de si mesmo. Ubiratan de Jesus dependia da papelaria, a tia dependia de Ubiratan, o pai dependia do banco, a mãe dependia do pai, os meninos da rua dependiam da escola, todos dependiam de alguma coisa.

Eu achava que não devia depender de ninguém e que pouco precisava fazer para conseguir isso. A mãe morreu quando eu tinha 11 anos, os bens dela, uma casa no Grajaú e uns terrenos em Araruama, ficaram para mim, mas sob a guarda do pai, até que eu completasse a maioridade.

E quando a completei, o pai foi tão bacana que morreu logo depois, deixando-me tudo o que possuíra, inclusive um seguro que equivalia a um emprego modesto mas vitalício.

E, quando isso aconteceu, eu já não morava com Jandira, embirrara de vez com Ubiratan de Jesus, e certa noite, quando reclamou que eu estava ouvindo música no quarto em que me trancava, ele bateu à porta pedindo que abaixasse o volume do aparelho de som. Por coincidência, eu estava ouvindo a "Dança húngara nº 5", de Brahms, que se não era a preferida, era uma das que mais irritavam minha mãe, quando ainda morava com ela.

Tive vontade de mandar Ubiratan à merda, chamá-lo de corno. Este tipo de violência não fazia meu gênero. Olhei-o como aprendi a olhar os outros. Se ele adivinhou o que eu estava pensando, o problema seria dele. O meu problema era ir embora.

Por estranho que pareça, com a baixa escolaridade, sem relações, eu tinha jeito para certas coisas, administrar não a minha vida mas o meu gosto.

Aos 19 anos, aluguei e mais tarde comprei um pequeno apartamento na rua Anita Garibaldi, no miolo de Copacabana. Largava para sempre a Zona Norte empoeirada e passei a viver mais ou menos como imaginava que deveria ser minha vida: no meio de muita gente, mas sozinho.

E só não me senti dono de mim mesmo porque aceitei uma forma de missão, que se transformaria em sub-missão, ou mesmo em submissão.

Decidi que deveria procurar o verdadeiro Eu que havia no mundo, com sua mutilada mão. Secretamente tinha a certeza de que ele não morrera, era um duplo, um clone que vivia em algum lugar. E se estivesse no meio de ciganos, deveria estar deslocado como eu. E talvez me procurando para um absurdo e inútil acerto de contas.

Missão

Sem trabalhar, sem estudar, sem amigos nem inimigos, nem mesmo adversários, eu poderia me julgar feliz se a liberdade fosse o importante.

Vez ou outra me surpreendia invejando a manada, o rebanho, os funcionários da vida, deslocando-se para o trabalho, para os deveres, para as diversões. Eram momentos raros, duravam pouco. No fundo, eu não queria ser como eles, me sentia não digo feliz, mas tranqüilo em saber que eu não tinha trabalho e deveres. Principalmente, não tinha a obrigação de me distrair.

Viver já era uma distração em si mesmo, e levando em conta o meu nascimento, era um ato heróico. Eu devia ter seguido o destino – embora o destino dos ciganos é não ter destino algum. E foi por aí que, embirrado com o gênero humano em geral, embirrei com os ciganos em particular.

Bem verdade que o Rio não tem tantos ciganos assim. Tirante os falsificados, que são os mais evidentes, eles se espalham por aqui e ali, e como são nômades óbvios, é difícil encontrá-los e mais difícil ainda rastreá-los. De qualquer forma, aos poucos fui desconfiando que devia grande parte ou a totalidade do meu temperamento, minhas fobias e neuras, ao sangue cigano.

Conheci alguns, ou melhor, esbarrei com alguns, principalmente ciganas, folclóricas, que andam pelas ruas, abordam todo mundo, oferecendo-se para ler mãos ou cartas. Embora não sendo curioso, fiquei sabendo onde havia pequenas concentrações de ciganos, grupos mais ou menos familiares, que eventualmente moravam aqui ou ali, a maioria preferindo acampamentos à beira de estradas, onde podiam viver em comunidade, vendendo tachos de cobre, peças de artesanato, mas sempre conservando em mistério o mais importante, que eram jóias, ouro, mercadorias que trocavam entre si ou que vendiam para fregueses certos e lojas especiais.

Meu interesse por eles era superficial. Afinal, se eu tinha sangue cigano, tivera educação não-cigana, e como não me educara suficientemente, ficava numa incômoda terra-de-ninguém. E como eu não era eu, fiquei sendo ninguém mesmo.

Aos 22 anos, já tinha alguma experiência em viver, em ser sozinho no mundo. Entre as habilidades que descobri em mim, e que compensavam as numerosas inabilidades, a mais útil era o faro para guardar o que recebera do pai e da mãe. Como gastava pouco comigo mesmo, ia ficando senão rico, pelo menos cada vez mais folgado em termos de dinheiro, já sendo folgado em relação a outras coisas.

E foi nessa idade que resolvi iniciar a busca metódica do meu outro eu. Bati quase todos os Estados do Brasil, procurando comunidades de ciganos, ou mesmo ciganos avulsos. Não me dava a conhecer, mesmo assim, os mais velhos percebiam que também eu era cigano. E como não vivia como cigano, me desprezavam.

Pouco me importava o desprezo deles. Descontando as mulheres, os mais velhos ou mais moços do que eu, minha atenção se limitava aos ciganos de minha idade. Procurava me aproximar deles. Sendo desconfiados por natureza e gosto, não era fácil o contato.

Tão logo eu descobria um cigano de minha idade, dava um jeito de olhar sua mão direita. Do Amazonas ao Rio Grande do Sul, encontrei jovens de minha idade, mas todos com o indicador no devido lugar. Para ser exato, encontrei um rapaz, no Paraná, que não tinha o indicador da mão direita, mas também este não me interessou, porque nem tinha mão direita, havia perdido o braço num acidente de estrada.

Curiosamente, de tanto olhar a mão dos outros, verifiquei que eram muitos os que não tinham mão, ou não tinham dedos, e se tinham mão e dedos, faltava um deles. E a *pole position* era ocupada exatamente pelo polegar, impressionante o número de pessoas, de todas as origens e idades, que não têm o polegar.

Mesmo sabendo que não podiam ser o Eu que buscava, aproximava-me deles e com uma conversa qualquer, oferecendo um café ou uma bebida, procurava saber como tinham perdido o dedo. Nove entre dez haviam sofrido acidentes, em batidas de carro, quedas de motos ou bicicletas, em máquinas que precisavam ser alimentadas por mão humana. Um descuido qualquer, uma bobeada no ritmo de trabalho e o polegar ia embora.

O dedo mindinho vinha em segundo lugar, o que me pareceu lógico, formavam as fronteiras da mão, as margens mais expostas aos acidentes.

Como decidira adotar um método nesta busca, descobri que minha liberdade começava a ter o seu primeiro arranhão, obrigando-me a andar daqui para ali, a dividir meu dia em dois turnos, manhã e tarde, como um mascate absurdo sempre em busca de ciganos óbvios ou não.

Até que um dia, já estava com 30 anos, esbarrei num cigano que não era cigano. E a partir daí a busca ficou mais complicada.

Paris

Fui a Paris porque de lá poderia bater as principais cidades européias, principalmente as da Europa Central, mais tarde a Espanha, regiões que concentram tribos ciganas, além de ciganos avulsos, que existem em qualquer parte. Embora nunca tenha me preocupado com o assunto, e mesmo reconhecendo que me sentia diferente dos não-ciganos, que os ciganos chamam de gadjos, assim como os judeus chamam os não-judeus de goys, eu ficara sabendo que a Índia teria sido a pátria inicial deles.

Mas seria exagero ir até a Índia, onde provavelmente eles não mais existem. Das conversas que mantive com os que ia encontrando por aí, fiquei sabendo que a maior concentração deles era na Romênia, Praga e Espanha. Pensava em ir diretamente para Bucareste, depois Praga, duas cidades que me davam a certeza de uma revelação. Na volta, passaria pela Espanha.

Não havia vôos diretos entre o Brasil e as capitais do Leste Europeu. Teria de fazer escala em Paris, Genebra ou Milão. Poderia ter ido para Madri, mas deixara a Espanha para o final.

Pesquisei entre as companhias aéreas, a Air France promovia uma oferta especial de passagens que me dariam o reembolso da volta, caso ficasse mais tempo na Europa.

Armei um esquema financeiro, era cliente do escritório de contabilidade que servia a Ubiratan de Jesus e à sua papelaria, com isso deixei a retaguarda em condições de me sustentar por tempo indefinido, desde que me limitasse a um orçamento modesto, proporcional à minha renda.

Hospedei-me no Quartier, rua de L'Harpe, onde havia de tudo, gregos, iranianos, gente da Tunísia, do Marrocos, do Líbano, da Turquia. E naturalmente, onde haveria muitos ciganos, que eram de todas as partes e de parte nenhuma.

Ali conheci o primeiro cidadão que não tinha realmente o indicador. Mais tarde, vim a saber que ele nascera aleijado, não perdera o dedo em acidente mas por defeito congênito, tal como o Eu que procurava. Era bem mais velho, devia ter seus 50, 55 anos, nascera no Uruguai mas, criança ainda, fora para Uruguaiana, no Rio Grande do Sul, mais tarde para São Paulo, onde vivera parte de sua vida.

Com a Revolução de 1964, exilara-se inicialmente na Argélia, depois em Paris. Quando a situação política se normalizou, ele voltou para São Paulo mas não gostou da vida que levaria no Brasil. Tentou o Uruguai, onde ainda tinha parentes que mal conhecia, desanimou e decidiu viver e morrer em Paris.

Chamava-se Bório, nunca soube o seu primeiro nome. Era baixinho, cabeça grande, olhos claros, sofria de vários furores, o fálico e o político. Encrencava-se ao mesmo tempo com mulheres e com policiais, pois estava sempre dando em cima de alguma estudante que podia ser filha dele, ou sendo advertido por um policial que tentava interromper os discursos que fazia, nos cantos do Quartier, na estação do metrô de Saint-Michel, na esquina do bulevar Saint-Germain.

Bebia um pouco e arengava contra o poder, o imperialismo, a poluição, suas causas eram simpáticas, atraíam ouvintes, pois falava uma mistura de francês, espanhol e português. Foi numa de suas arengas que descobri o seu defeito, ele erguia a mão direita para ameaçar o capitalismo, as instituições burguesas, a Igreja e o Pentágono americano.

A primeira vez que o vi, fiquei impressionado com aquela mão, o dedo médio ocupava a posição do indicador, que parecia maior do que era realmente, começava a nascer junto ao polegar, absorvendo em seu tamanho o espaço que deveria pertencer ao dedo ausente.

Terrível aquele dedo, espetado em sua mão. Com o tempo, transformara-se numa garra – garra que o ajudava na oratória. Quando se inflamava, erguia ameaçadoramente aquela mão terrível, ampliando as coisas terríveis que dizia.

Aproximei-me dele, já sabendo que não era quem procurava. Mas obtive informações sobre o tipo de vida e atividade que um sujeito sem o indicador da mão direita pode levar ou exercer. Na realidade, e segundo ele, o dedo nunca lhe fizera falta. Com exceção de um breve período de sua infância, ainda no Uruguai, quando crianças de sua idade zombavam de seu defeito, ele nem se lembrava de que não tinha aquele dedo.

Ficava espantado quando, nas horas vagas em que não estava dando em cima de alguma guria, ou fazendo discursos apocalípticos, observava os outros, os que tinham cinco dedos na mão direita. Achava, com alguma razão, que um dedo a mais era um exagero da natureza, previa que daqui a mil anos os homens nasceriam com dois dedos apenas, a evolução da espécie descartaria os dedos inúteis.

Era um tema acadêmico que não me interessava.

Quando enjoei do Quartier, mudei-me para a margem burguesa de Paris, um hotelzinho três estrelas na rua de L'Arcade, atrás da Madeleine.

E foi no bulevar da Madeleine que, andando distraído, de repente vi à minha frente um cigano que parecia vir em minha direção.

Levei um susto. Como podia saber que aquele homem, da minha idade, do meu tamanho, era um cigano? Não podia ver-lhe a mão para saber se tinha o dedo indicador direito. Ele sentia frio – como eu também sentia – e colocara as mãos dentro do bolso do casaco. Como eu também.

Tudo foi rápido. Estava na calçada da Old England, uma loja de roupas na esquina do bulevar com a rua Scribe, onde há enormes espelhos que sobem do chão ao teto da marquise.

O homem que vinha em minha direção, mãos dentro do bolso do casaco, a cara morena, os olhos negros de cigano, era eu mesmo.

A dúvida

Custara a me reconhecer no estranho que parecia estar me procurando, que vinha diretamente a mim. Parei diante do espelho, como se de repente me descobrisse. Ali estava o outro que tentava achar a si mesmo. Não fosse aquela absurda missão, a de se encontrar, o que era ele, afinal?

Nada, ou coisa nenhuma. Não tinha raízes, evitara ter um chão, flutuava no mundo e na vida, sem desejos, sem urgências, até mesmo sem passado.

Deveria gostar ao menos do pai, que o aceitara por ser íntegro nas mãos. Pouco ligara para o desamor da mãe, até a justificava. Quanto a Jandira, culpada de tudo, ele acertara as contas, possuindo-a daquela maneira, mais como vingança do que por desejo.

E ali estava ele, vazio, com rumo incerto, sem ter de ir a lugar algum, em qualquer lugar poderia esbarrar com o fantasma que o espelho colocava à sua frente.

Não tinha mundo. Talvez fosse esse, exatamente, o destino de um bom cigano, um nômade, sem tenda, sem argolas na orelha, sem anéis dourados nos dedos – e possuía os dez dedos regulamentares que faltavam ao verdadeiro Eu, que só tinha nove.

Marginal dentro e fora da vida, sem amigos, sem mulheres, sem futuro – eu podia me considerar feliz.

E um pensamento varou-me ali na calçada da Old England: e se o Eu verdadeiro fosse, como eu, um desajustado, um não-cigano que se recusara a viver no meio dos ciganos em que fora criado? E se há muito tempo já desertara de sua tribo e vivesse em algum lugar, no Rio mesmo, funcionário de um banco como o pai, e como o pai, um homem sem indagações, dedicado a ganhar dinheiro e trepar com mulheres?

Lembrava-me do Bório, que não tinha um dedo, justamente o indicador, mas vivera sem traumas, o aleijão até que lhe compunha a figura adequada a orador de rua, pregador de verdades incômodas. Tal como Bório, o Eu verdadeiro podia estar bem instalado no mundo que não era o dele. Sendo assim, que estava eu fazendo em Paris? Procurando alguém que não existia. Ou que talvez já tivesse morrido.

Saí diante do espelho e descobri que não tinha aonde ir. Antes, minutos antes, também não tinha um itinerário preciso, mas tanto me fazia, cumpria uma missão. Agora descobrira que não havia missão alguma e também não tinha aonde ir nem precisava ir.

A idéia de ir a Bucareste ou Praga era agora uma idiotice, tanto me fazia ir ou não ir. Mas como já tinha bilhete aéreo para Praga, o melhor era ir, lá não mais procuraria coisa alguma, nada havia a procurar.

Feitas as contas, o cigano que eu fora até então tivera um destino. Nem isso tinha mais.

Oh, que vida!

Embora não tivesse cursado normalmente qualquer escola, tinha leituras esparsas e bom ouvido para línguas estrangeiras. Nunca abrira uma gramática francesa, mas entendia o que os franceses falavam. E quando queria uma coisa, um quarto no hotel, um vinho na refeição, as palavras vinham fáceis.

Coisa de cigano. Não tendo pátria específica, usando um dialeto interno entre eles mesmos, formado de palavras nascidas de todas as línguas mortas e vivas, eu me virava bem em qualquer lugar, não era essa a razão de minha inadequação ao mundo.

Além do mais, não tinha dificuldade de entender os outros, falassem o que falassem. Habituara-me a um costume cigano, embora nunca tivesse convivido com nenhum deles. Quando alguém falava comigo, eu não prestava atenção às palavras que ele dizia, mas em seus olhos. Na hora de responder, era também com os olhos que o fazia.

Mesmo assim, estranhei os primeiros dias de Praga. Era inverno, o rio que cortava o centro da cidade estava congelado, mulheres gordas e velhas quebrando a neve endurecida nas ruas.

As noites eram sinistras, as luzes da rua embaciadas pela neblina ou pela neve. E como perdera o rumo, como não procurava mais nada, a cidade parecia um fantasma habitada por fantasmas. Eu era um deles.

Apesar do frio, era à noite que eu gostava de sair da pensão que ficava perto da praça Venceslau, no centro da cidade. Andava pelas ruas desertas, às vezes cruzava a ponte Carlos não sei o quê, que era a mais imponente sobre o rio, chegava ao outro lado e precisava sair do frio que começava a endurecer as pernas, entrava num dos raros restaurantes e bares ainda abertos, tomava uma sopa quente, bebia um cálice de conhaque ou aquavit, armazenava um pouco da calefação, sempre fortíssima nesses lugares.

Na véspera de minha partida para Bucareste, foi exatamente este o itinerário que segui. Perto do teatro da Ópera havia um restaurante que ficava aberto até de madrugada. Lá serviam uma sopa de beterraba, com torradas saídas do forno. Tirava metade das roupas, a calefação era uma fornalha. Dez, quinze minutos após, já se sentia um calor incômodo, que cheirava mal e fazia com que todos também cheirassem mal.

Tomei dois pratos da tal sopa, me empanturrei de torradas quentíssimas, vinte minutos depois já não agüentava aquela estufa. Vesti outra vez os dois grossos capotes, enrolei-me nos xales que trouxera e, pela primeira vez, senti que o mundo me retribuía a inadequação que eu lhe dava. Lá dentro, era o calor. Cá fora, o frio. Onde quer que estivesse, estava mal.

A pensão não era longe, bastava atravessar a ponte do tal rei Carlos e abreviar o caminho pelas ruelas escuras que já conhecia. O pior era o momento em que atingia o meio da ponte, onde havia um vento gelado que cortava a carne do rosto, a única exposta à noite e ao tempo.

Na outra margem, as ruas pequenas me protegeriam se não do frio, ao menos daquele vento que rasgava, lâmina gelada, o corpo inteiro, dos pés à cabeça.

Cidade-fantasma, habitada naquele momento pelo fantasma solitário que procurava fugir do frio, naquele trecho Praga era um labirinto de ruazinhas e becos, muitos deles sem saída. Precisava prestar atenção ao caminho, do contrário poderia me perder.

Ao virar uma das ruas e pegar um dos becos que iriam dar na praça Venceslau, comecei a ouvir uma cantoria, não muito alta, como se os que cantavam tivessem medo de incomodar os outros, embora não houvesse outros ali, a não ser eu.

Custei a aceitar o que estava ouvindo. Embora com bom ouvido, devia ser uma alucinação. Impossível, eu compreendia as palavras, e de tanto serem repetidas (a canção era de uma estrofe única), quando me aproximei do grupo, já a entendia toda:

Camaradas, oh, que vida,
fária, fária, ô,
não ter dores, não ter lida,
fária, fária, ô,
nossa pátria, do norte ao sul,
é um teto vasto, um céu azul,
fária, fária, fária, fária, ô.

Com exceção daquele "fária, fária, ô", todas as palavras eram em português, quase sem sotaque. E evidente, eu estava diante de um grupo de ciganos, os homens com suas roupas escuras, uma faixa vermelha à cintura, as mulheres com saias estampadas, compridas até o chão, enfim, ciganos que poderiam ter saído de um filme americano, de um teatro de variedades.

No centro do grupo, uma pequena fogueira, que além de esquentar a todos, iluminava aquelas silhuetas perdidas na noite de Praga. E tanto por causa do calor que vinha da fogueira, como pela canção em português, eu fiquei ali, espantado com o que via e ouvia. Já não pensava mais em procurar ciganos, descobrira na calçada da Old England que o Eu verdadeiro talvez fosse um cigano marginal, inadaptado, repetisse no seio de sua tribo a marginalidade em que eu vivia no meio da tribo maior que era a de não-ciganos.

Ninguém se incomodou com a minha aproximação. Todos continuaram cantando, a meia-voz, e eu pude me aproximar da fogueira, aproveitando o calor para esfregar as faces com as luvas aquecidas pelo fogo.

Assim como as chamas iluminavam o grupo, elas deviam me iluminar o rosto, tão próximo da fogueira. E, coisa estranha, de repente eu me senti com vontade de cantar a canção que aprendera naquele instante, mas que parecia estar dentro de mim há muito tempo:

Camaradas, oh, que vida,
fária, fária, ô,
não ter dores, não ter lida,
fária, fária, ô,
nossa pátria, do norte ao sul,
é um teto vasto, um céu azul,
fária, fária, fária, fária, ô.

Como ninguém reparava em mim, eu me dispensava de reparar nos outros. Mas percebi que um dos ciganos, que estava deitado na calçada, levantou-se sem pressa, contornou a fogueira, me olhando não sei se com curiosidade ou espanto.

Pensei que fosse o chefe ou o líder do grupo que viesse me interpelar, pedir que desse o fora, não me metesse onde não era chamado.

Sua atitude não parecia hostil. Era o único que não estava cantando, ou porque não sabia a letra, ou porque não gostava de cantar, achando que nada tinha a ver com o teto vasto e o céu azul.

Nesse momento, um graveto se mexeu na fogueira e caiu para fora, criando um obstáculo entre mim e ele. Sem olhar para o chão, o cigano chutou o graveto para dentro da fogueira e continuou se aproximando, olhando-me nos olhos.

Era um homem de minha idade, um pouco mais alto. Na claridade incerta que nos iluminava, não dava para ver seus olhos, dava apenas para sentir a força com que me olhava.

Houve um momento em que ia me perguntar alguma coisa. Mas perdeu a vontade ou achou desnecessária qualquer pergunta.

Fui eu que afinal perguntei:

– Vocês são do Brasil?

Ele ficou em silêncio.

Uma jovem cigana, bonita, de boca enorme e seios grandes, quase nus como a boca, aproximara-se e respondeu por ele, numa mistura de português e espanhol:

– Somos ciganos. Viemos de parte nenhuma, mas ele veio do Brasil.

Então fui eu que procurei olhá-lo com atenção. Ele não se ofendeu, embora os ciganos não gostem de ser olhados como os outros olham para eles.

Não sentia nenhuma hostilidade naquele cigano diante de mim. Estendi-lhe a mão, no cumprimento normal dos não-ciganos a que os ciganos de verdade deviam estar habituados, embora usando entre si outras formas de cumprimento.

Ele não aceitou a minha mão. Ou melhor, ia aceitando, chegou a levantar o braço direito em minha direção, mas o travou a tempo.

O tempo necessário para que eu visse aquela mão iluminada pelo fogo, aquela mão que eu procurava, a mão aleijada, que parecia uma garra.

parte 2

O encontro

Ele ou eu

Foi mais fácil do que esperava.

Quando recebi o telegrama do escritório que administrava os aluguéis dos bens que recebera de herança, e me enviava o dinheiro para onde estivesse, imaginei que seria difícil arranjar outro meio de não me aporrinhar com papéis, posturas municipais, contratos.

Eu voltara de Praga, estava novamente em Paris, pretendia ir a Roma, não mais atrás de ciganos, minha busca terminara. O telegrama era curto e grosso: "Favor regressar imediatamente a fim de providenciar novos procuradores."

Voltei como queriam e como eu próprio queria: imediatamente. Não pela necessidade de reorganizar aquele departamento que, em muitos sentidos, era o mais importante.

Chegando ao Rio, quis saber o que houvera com o escritório a quem dera procuração. Gente honesta, com boa imagem no mercado, não iria fazer sujeira com um cliente se não houvesse motivo.

Motivo que me foi apresentado pelo chefe do escritório: o telegrama assinado por Ubiratan de Jesus, informando que eu não merecia ser representado pelos mesmos contadores de sua papelaria e de seus bens espalhados pelos subúrbios e por Niterói. Numa palavra: ele ou eu.

Entendi o dilema do escritório: Ubiratan progredira com a papelaria, tinha agora filiais na Tijuca, em Copacabana, além da loja principal, no Centro. Seu movimento era mil vezes maior do que o da minha procuração, que afinal abrangia um patrimônio modesto, que dava para viver sem trabalhar mas sem exageros e, sobretudo, sem nenhum futuro, a menos que eu me dispusesse a trabalhar, coisa que estava fora de questão.

Além do mais, quem me indicara aquele escritório fora o próprio Ubiratan de Jesus, quando descobriram, Jandira e ele, que eu nunca iria trabalhar em ofício específico, nem tinha habilitação para pleitear uma carreira qualquer. Pouco sabia de tudo e não me interessava saber mais.

Aceitaram trabalhar para mim porque Ubiratan era um dos principais, senão o principal cliente do escritório. O meu escasso movimento financeiro seria de alguma forma compensado porque, para os contadores, fazia parte da carteira de um cliente maior.

E de repente, sem explicação, sem aviso prévio, eu perdia aquele esquema que o próprio Ubiratan me ajudara a montar. Ele ou eu.

Se foi fácil arranjar outro escritório, que me custaria um pouco mais, foi fácil também saber por que Ubiratan fizera aquilo comigo. Ele passara a suspeitar de Jandira, não sei se com razão ou sem ela. Cismou com um cara que trabalhava na TV Rio, era meio músico e meio técnico de eletrônica, Ubiratan teve problemas com um complicado aparelho que comprara na Zona Franca de Manaus, um conhecido, dono de pequeno negócio ao lado da papelaria, acho que uma agência de câmbio, apresentou o cara, que fez duas ou três visitas ao aparelho enguiçado. E fez visitas suplementares, que botaram Ubiratan em guarda.

Parece ter encontrado provas de que a mulher o traíra. Com 45 anos, corpo não estragado ainda, tipo que pouco a pouco ia caindo em desuso, cintura fina e coxas pródigas, braços redondos e brancos, costas bem torneadas, Jandira não era de se jogar fora.

Ubiratan tomou um porre – era um fim de semana encomprido por feriado religioso na segunda-feira. Quando se sentiu forte o suficiente, pegou um suspensório – ele usava suspensórios, tinha um início de barriga que dificultava a estabilidade das calças na cintura, por mais que apertasse o cinto, as calças escorregavam. Adotou os suspensórios, habituou-se a eles, tinha uma coleção de variadas cores e modelos.

Jandira estava distraída, fazendo hora para ligar a TV que iria transmitir um programa que a interessava. Não entendeu o que o marido, em dia de feriado, ia fazer com o suspensório na mão. Só os usava para ir trabalhar, em casa vivia de *short* e, eventualmente, de cueca. Para que o suspensório?

A primeira lambada deixou-a pasma, nem dor sentiu. As demais sim, foram violentas, pegavam-lhe o rosto, os ombros, as costas – que afinal, eram um dos atrativos que Ubiratan mais apreciava nela. E não somente Ubiratan, os outros também, inclusive eu.

Ao mesmo tempo em que sovava a mulher com o suspensório, com fechos metálicos nas pontas, Ubiratan descarregava todos os insultos que sabia ou que ia inventando na ocasião. Jandira caiu, tentou levantar-se, Ubiratan avançou para ela, ameaçou matá-la de porrada se não confessasse tudo.

– Mas tudo o quê? – perguntou, ainda no chão, mais aturdida pelo inesperado da agressão do que pela agressão em si.

– TUDO! – berrou Ubiratan.

E aí é que o destino dos ciganos se complica. A cena não tinha nada a ver comigo, que estava a 10 mil quilômetros de distância, com um oceano inteiro no meio, perambulando na cidade de Praga, capital da Tchecoslováquia, cidade e país que nem Ubiratan nem Jandira sabiam existir.

Para esconder ou minimizar o caso com o tal artista e técnico de TV, ou porque era sincera e não tinha culpa a expiar naquela época, Jandira contou que fora violentada por mim, já fazia tempo. Ubiratan exigiu detalhes. Jandira os deu.

Dez mil quilômetros distante de Vila Isabel, preocupado com outras coisas, recebi o telegrama pedindo que voltasse imediatamente ao Rio.

Não voltei apenas imediatamente, mas definitivamente.

Cheio de dedos

O novo contador era baixinho, musculoso e calvo. Chamava-se Magalhães, Leopoldo Magalhães, durante algum tempo, nem sei por que, cismava que era Guimarães, ele agüentava firme, não me contestava, aceitava ser Guimarães, tinha poucos clientes e, pelas informações recebidas, avaliava que eu seria um bom cliente.

Tinha uma cara esquisita, patibular. Parecia mais um papa-defuntos do que um contador. Mas era honesto, honestíssimo, e deixou claro que só aceitaria a minha procuração se eu fosse tão honesto quanto ele.

Ao examinar meus papéis, as certidões das casas que o pai e a mãe, separadamente, haviam deixado, saiu-se com esta:

– Acho que conheci seu pai. Trabalhava num banco, não?

Respondi que sim.

– Se me permite um comentário, era um sujeito divertido mas um pouco leviano, gostava de mulheres...

– É possível – disse, dando a entender que o assunto não me agradava.

Mas ele continuou:

– Tive um amigo que era muito chegado a ele, andavam sempre juntos, também era mulherengo...

Tentei cortar a conversa mas ele continuou:

– Conheci também o cunhado dele, o Ubiratan, homem de sorte... está ficando cada vez mais rico... e casou-se com a sua tia... uma mulher bonita, deve haver gente que dá em cima dela... o tempo passa e ela fica mais gostosa...

– Nunca reparei nisso...

– Gosta dela? Gosta do Ubiratan?

Respondi contrariado:

– Evidente que gosto...

Magalhães riu com os olhos, que ficaram brilhantes:

– Lamento o que houve entre você e o Ubiratan... Ouvi histórias por aí, afinal, ele começa a ficar importante... o fato é que devido a ele, ganhei um novo cliente... que tem um futuro...

– Futuro? Não tenho nenhum futuro... o pouco que tenho me basta... não pretendo trabalhar, desde que tenha o suficiente para sobreviver, não quero mais nada...

– Mas há futuro, sim. Ubiratan é velho, mais dia menos dia ele vai embora e deixa sua tia riquíssima... eles não têm filhos, nem parentes... você é o herdeiro único...

– Nunca pensei nisso...

– Mas é bom ir pensando... e espero continuar trabalhando para você... vamos progredir juntos...

Levantei-me. A conversa era idiota. Eu contratava Magalhães para que ele cobrasse os aluguéis, pagasse os impostos, providenciasse os contratos, as garantias, os fiadores, toda a maçada que me repugnava. E todos os meses depositasse na minha conta bancária o que sobrasse. Dispensava conhecer suas ambições profissionais, e nunca me agradaria ter de progredir junto com um camarada que se chamava Leopoldo.

Nesta primeira entrevista, que podia ter sido rápida e formal, mas acabou sendo longa demais para o meu gosto, ao me despedir, ele me estendeu a mão direita e eu senti uma pontada na minha.

Magalhães percebeu que eu sentira a pontada:

– Não é nada... foi um acidente... ia perdendo a falangeta do indicador... a máquina... eu trabalhava numa oficina gráfica... a guilhotina que corta o papel... uma distração e... perdi um pedacinho do dedo...

Mostrou-me o indicador. De tão pequeno, o defeito não era visível. Na parte lateral, à esquerda, havia uma pequena cicatriz. E a unha daquele dedo não era arredondada, mas triangular, formando uma ponta que parecia um pequeno esporão.

Na rua, achei divertida a coincidência. Minha vida fora marcada pela busca de um cigano sem um dedo, e agora seria regida por um contador com o mesmo dedo avariado. De qualquer forma, Magalhães me pareceu honesto e eficiente. Tirante aquela intromissão na minha vida, falar das mulheres do pai, do dinheiro de Ubiratan, que um dia seria de Jandira, tirante isso, ele até que me dera boa impressão e o dedo avariado o tornava simpático.

Seguindo seus conselhos, vendi o apartamento da Anita Garibaldi. Fui morar em hotel, no Flamengo, numa rua que começa na praia e termina ao lado do Palácio do Catete. Um hotel especial, com hóspedes fixos. Fora inaugurado ao tempo em que o Rio era capital da República, os novos deputados e senadores, que vinham dos Estados, ali passavam a morar porque era perto do Senado e da Câmara, e perto sobretudo do palácio presidencial.

Os políticos mais constantes e bem-sucedidos, depois de certo tempo, traziam família e iam morar em casas alugadas ou compradas. Os mais flutuantes, que às vezes eram eleitos e às vezes não, esses ficavam espalhados pelos hotéis daquela região, e neles moravam em pequenos apartamentos de quarto, sala e banheiro. Esses hotéis eram, de certa forma, os ancestrais dos apart-hotéis que mais tarde entraram em moda.

Eu morara, antes, como agregado na casa de Jandira, aturando o contrapeso do Ubiratan. Viajei depois, percorri tudo quanto era canto onde suspeitava ou me informavam que havia ciganos. As viagens tinham um objetivo preciso, mas, mesmo que não tivessem, eu viajaria sempre, de qualquer modo, coisa de cigano mesmo, no fundo sabia que tinha sangue e pernas de nômade.

Depois fiz a temporada na Europa, quase dois anos, em Paris, em outras cidades francesas, por coincidência cheguei a ir a Saint-Malo. Mais tarde, passei rapidamente pela Suíça, onde tive a impressão de que ali não havia cigano algum. Terminei em Praga, aquela noite fria, a cantoria dos ciganos em torno da fogueira e, afinal, Ele.

Voltei para tratar de problemas na minha retaguarda – eu era um homem sem futuro e sem destino, mas tinha, bem ou mal, uma retaguarda que me garantia viver sem fazer força.

Não foi apenas um novo contador e um hotel especial que arranjei. Arranjei também uma mulher.

Vida provisória

Até então, eu me recusara a ter uma mulher. Não gostava de nenhuma, e me dava bem com as que freqüentava, algumas eram profissionais mesmo, pagava e tudo bem, se eu gostasse ficava freguês. Outras eram amadoras, davam mais trabalho e, paradoxalmente, custavam mais caro.

Na minha volta ao Rio, eu me sentia diferente, não era mais aquele que procurava a si mesmo, tendo nas veias um sangue misterioso, que me fazia girar a cabeça e as pernas, sem afetos precisos, a mãe que me rejeitara, o pai que me pagava para ser filho dele embora não o fosse. Tudo porque, como quase todo mundo, eu tinha cinco dedos na mão direita.

Agora com 30 anos, eu continuava um marginal, sem me adaptar ao tipo de vida que deveria levar. Não estudara para nada, nada sabia fazer, e nada pretendia. Não fazia sentido escolher um pedaço de chão e ficar deitado, olhando as nuvens formarem um dragão, uma ovelha, um país imaginário.

Freqüentava o Aterro do Flamengo, que era próximo, e ainda me distraía com as nuvens, era uma forma de não pisar no mundo. Logo no início da nova vida, resolvido o problema do contador, cheguei a pensar em Paris, afinal, ali passara algum tempo, era uma cidade imensa e boa para me esconder.

Mas sentia falta do céu azul – o mesmo céu azul daquela canção cigana que ouvira em Praga e me levara a Ele. Em Paris, o céu era sempre baixo, cinzento, uniforme, uma abóbada de aço. Os dias abertos eram raros – e eu sentia falta das nuvens brancas e macias que formavam no céu meus símbolos mais constantes, ícones que, por nada significarem, muito significavam para mim.

Finalmente instalado, sem nada dever a ninguém (de certa forma eu devia a Ubiratan de Jesus alguma coisa, pelo tempo em que me aturou em casa), estava pronto para um tipo de vida mais ou menos provisória, diferente da que levara até então.

Naquela noite, noite de verão, eu saíra do hotel para comer alguma coisa. Em geral, fazia as refeições no próprio hotel, onde funcionava um restaurante razoável que eu pagava ao mês.

Mas era sábado, o hotel reduzia o serviço, oferecendo apenas sanduíches e bebidas, o jeito era comer fora – e havia dezenas de restaurantes e bibocas espalhadas em torno do Largo do Machado, que funcionava como ponto central daquele pedaço do Rio.

Ali, durante o dia, reuniam-se alguns ciganos, sem as roupas tradicionais, vestidos como qualquer carioca, jogavam cartas ou dominó, discretamente faziam trocas de mercadorias guardadas em outros cantos, alguns pareciam abastados, eu os conhecia e eles me conheciam, mas deles não me aproximava. Deviam saber que eu era cigano, um cigano que não se misturava com eles.

Era também no próprio Largo que eu encontrava mulheres, tanto as profissionais como as amadoras, mas naquela noite especialmente quente eu não estava disposto a catar nenhuma companhia. Entrei num restaurante que servia saladas, fiz uma mistura delas, pedi uma cerveja, e dei uma volta em torno da estação do metrô, não em busca de alguma mulher, mas para fazer qualquer coisa antes de voltar para o hotel.

Vi a moça sair do metrô e procurar um banco para sentar. Coisa um pouco difícil àquela hora e dia, sendo noite e sábado, havendo poucos bancos e muita gente zanzando como eu, em torno da praça, saindo dos cinemas ou dos restaurantes.

Os bancos estavam ocupados. A moça deu mais uma volta, passou pela calçada de um dos cinemas, justo no momento em que um filme terminava. Perdi-a de vista. Tampouco tive vontade de segui-la. Nem sei por que me chamara a atenção, o jeito de andar, meio de lado, como certas ciganas jovens andam. Não deu para lhe ver o rosto mas evidente que não era uma cigana, que geralmente anda sempre de lado e ao lado de outra cigana.

No fundo, segui-a pelo hábito já antigo de seguir alguma coisa imprecisa, coisa minha mesmo, alma de pirata inofensivo, de cigano exilado. Cheguei a pensar em ir ao cinema, mas não gostava de salas cheias e fechadas. Fora pouquíssimas vezes ver algum filme que por um motivo ou outro podia me interessar.

Rodei o Largo mais uma vez, ia voltar ao hotel quando me deu vontade de beber. Fazia calor e nada de mais que tomasse uma cerveja num dos bares na esquina da rua do Catete. Voltaria depois para o hotel, onde o ar-refrigerado me esperava e eu podia ficar quieto no meu canto, sem TV nem livros, comigo mesmo. Depois do encontro em Praga, eu conseguira esta coisa que antes era impossível, ficar comigo mesmo.

Sentei-me numa mesa dos fundos, pedi a cerveja, mudei de idéia, pedi um chope, recusei a oferta vil das batatas fritas que o garçom sugeriu.

Foi então que reparei nela. Numa mesa próxima, sozinha, lá estava a moça que saíra do metrô. Olhava para mim com curiosidade. E quando notou que eu reparava nela, ficou embaraçada. Tomava um chope também e aproveitou a ligeira confusão de ter sido apanhada olhando para mim. Abriu a bolsa, tirou um maço de cigarros, um isqueiro. E como notou que eu agora olhava para ela, levantou-se e veio falar comigo.

– Sou Dora – disse ela.

Dora

O garçom apanhou o chope na mesa em que ela estava e o trouxe para a minha, junto com o meu próprio chope.

– Posso sentar? – perguntou ela, quando já estava sentada.

Fiz um gesto vago, que poderia significar muitas coisas, inclusive que ela se sentasse.

– Você é cigano? – a moça me olhou séria, mas havia um sorriso estranho na forma da pergunta, como se ela zombasse de mim.

– Nota-se? – respondi.

– Sim... você parece um cigano desgarrado... já ouviu falar em ovelha desgarrada?

– Você gosta de ovelhas?

– Não sei, nunca pensei nisso, se gosto ou não de ovelhas. Aliás, nunca vi uma ovelha, só em fotos, em filmes, em quadros...

– Eu também. Só vi ovelhas no céu.

– No céu?

– Sim. Ovelhas feitas de nuvens.

Ela riu.

– Você deve ser cigano mesmo, desgarrado ou não, mas cigano. Isso de ver ovelhas feitas de nuvens...

– Bem, se quer uma resposta que nunca dei para ninguém, nem para mim mesmo, aí vai: sim, sou cigano. E você? Também é cigana?

A moça recuou o rosto que estava próximo ao meu.

– Por que seria eu uma cigana? Tenho cara?

– Não. Mas tem um jeito de andar, um pouco de lado...

– As ciganas andam de lado? Nunca reparei. Nem me interesso por ciganas... uma delas leu minha mão, na Bahia, junto ao Elevador Lacerda... disse que eu iria encontrar alguém...

– Todas dizem a mesma coisa. Pelo menos ela acertou. Você acaba de encontrar alguém.

Ela olhou para cima, como se de repente lembrasse de alguma coisa.

– Como sabe que eu ando meio de lado? Nunca me viu andar. Da mesa em que estava até aqui, deu para perceber isso?

– Não. Eu vi você saindo do metrô, dando uma volta no Largo, pensei que tinha entrado no cinema.

Pareceu preocupada com o que ouviu:

– Quer dizer, você me seguiu... e... por que me seguiu?

– Acabei de dizer. Sou cigano.

– E gosta de ciganas?

– Não. Detesto ciganas e ciganos. E você?

A moça examinou-me bem, para ver se eu estava blefando. Acabou respondendo:

– Não sei. Talvez detestasse os ciganos, se pensasse neles.

– Você estava olhando para mim, perguntou se eu era cigano... e talvez deteste os ciganos...

– Você não me entendeu. Eu disse que você parecia um cigano desgarrado. O "cigano" foi chute meu, acertei sem querer. Mas o desgarrado foi proposital. Observei você sentando nesta mesa, olhou em volta com medo de alguma coisa, depois olhou sua mão, esta aqui...

Segurou minha mão direita.

– ... e só depois é que realmente se sentiu em algum lugar, pediu o chope, o garçom sugeriu batatas fritas, você fez cara de nojo...

– Está bem. Pelo fato de ter olhado para a minha mão e ter recusado as batatas fritas, não dei nenhum sinal de ser cigano. Aliás, olhar a própria mão não é sinal de nada mesmo. Olho sempre para a minha mão e não gosto de misturar chope com nada, principalmente com batatas fritas.

Tomei um gole do chope e lhe pedi um cigarro. O mais gozado é que tinha um maço no bolso. E é raro ter a quem pedir, ando geralmente sozinho.

Dora apanhou um cigarro, colocou-o na própria boca, acendeu-o com um isqueiro zippo, um isqueiro que é uma espécie de totem entre iluminados, faz um barulhinho irritante e tem cheiro de querosene.

Passou-me o cigarro já aceso.

– E aproveito agora para me corrigir: sou cigano e não sou.

– Que história é essa? A gente é ou não é alguma coisa.

– Nem sempre.

Luar, palmeira e mulher

Dora morava perto, num apartamento em frente ao mar, com duas palmeiras diante da janela que se abria para a Guanabara. Os pais estavam viajando, ela ficara sozinha, deixara o carro na garagem e fora fazer um programa que ela classificava de "diferente". Nunca havia andado de metrô no Rio, desceu no Largo do Machado, foi até a Praça Saenz Peña, fim de linha na direção norte, ficou no mesmo trem e foi até Copacabana, fim de linha sul, voltou ao Largo do Machado, a estação mais próxima para quem mora na praia do Flamengo.

Ela me convidara para beber alguma coisa, ouvir alguma coisa se me interessasse, e transar, também se me interessasse. Mais por curiosidade do que por vontade, acompanhei-a até a portaria do prédio, e fiquei surpreendido porque, ao chegar à praia, vi uma Lua enorme, que destacava os morros de Niterói e abria nas águas da baía um rastro iluminado.

Dora percebeu que eu não queria subir, tomou-me pelo braço.

– Não quero que você alegue, mais tarde, que sofreu assédio sexual de uma desconhecida. Vamos numa boa. Se quiser transar, é uma coisa. Se não quiser, tudo bem...

Nunca, mas nunca mesmo, e apesar dos meus 30 anos, enfrentara aquele convite. Tirante a posse de Jandira, que foi mais uma vingança do que um prazer, só tivera relações até então com putas de diferentes feitios e modos. E me sentia bem, achava mais simples trepar com desconhecidas, ou com profissionais que, com o tempo, chegavam a ser amigas. Mas pagava a todas, antes ou depois do ato, com isso me lavava duplamente, costumo tomar banho após a transa. E sempre esqueço com quem acabei de trepar.

Tive vontade de dizer isso a Dora, pela primeira vez estava diante de uma não-profissional, que nem amadora era.

Subi.

Na varanda que dava para a baía, ela me mostrou a paisagem:

– Como cigano, você não pode reclamar. Está tudo aí: luar, palmeiras e mulher.

Fez uma pausa.

– Se não sabe, a mulher sou eu.

– E quem disse que cigano gosta de luar, palmeira e mulher?

– Estive em Vera Cruz, no México, terra de piratas e ciganos... meu pai é diplomata... andei por muito lugar estranho...

– E daí? Nunca fui ao México e certamente nunca irei.

– Pois lá existe uma canção que fala exatamente em luar, palmeira e mulher... é uma espécie de hino entre piratas e ciganos... você conhece muitas canções ciganas?

– Sou um cigano desgarrado, você mesma o disse. Só sei uma única música cigana, que ouvi em Praga, por mais absurdo que pareça, eram ciganos nascidos no Brasil, fazia frio, havia uma fogueira no meio e eles cantavam...

– Cantavam o quê? A "Habanera" da "Carmen"? Acho que é a única música cigana que conheço, feita por um francês...

– Não. Apesar de não ter intimidade com os ciganos, de fugir deles, acho que nenhum deles gosta de ópera.

– Então como é a canção que você ouviu?

– Desculpe, mas não sei cantar...

– Nem a letra sabe?

– Alguma coisa... que não deixa de ser um conselho: "oh, que vida, não ter dores, não ter lida.... minha casa, do norte ao sul, é um teto vasto, um céu azul..."

– Bonito. Qual é o conselho que você descobriu nela?

– Não ter dores, não ter lida... é um conselho...

Dora me olhou surpreendida:

– "Lida" não é luta, trabalho?

– Acho que é.

– Vi um filme sueco... nem lembro o título... uma mulher esgotada pelas traições do seu homem, um homem que só falava em cavalos, bebidas, armas e mulheres... ela o amava... mas reconhece para uma amiga: "O amor é uma horrível ocupação." Não sei sueco para entender o original, mas os ingleses, quando traduziram o filme, colocaram a palavra "bussiness", negócio, trabalho, ocupação no sentido de exercer um ofício... o amor é um trabalho, uma ocupação que nos toma por dentro e por fora, compreende?...

Percebi que Dora falava consigo mesma. Naquele momento, para ela, eu não estava ali.

E eu também não estava.

A lida

Se eu fosse razoável comigo mesmo, poderia me declarar satisfeito e iniciar novo tipo de vida, em paz comigo mesmo. Cumprira a missão, encontrara o Eu que devia ter sido. Vingara-me de Jandira, que fora culpada por tudo, vingança que cumpri a meu modo.

O fato de me ter denunciado ao marido não chegou a me prejudicar. Tirante a substituição do escritório que cuidava dos meus negócios, nada perdi, embora Jandira fosse a única parenta que sobrara. Evidente que não iria procurá-la, por mais conservada que estivesse, agora com 50 anos, não valeria nem dores nem lida.

Aquela única posse, no fim da escada revestida de cerâmica São Caetano, ficou sendo a mais importante, não apenas porque era uma vingança, mas também um prazer que eu nunca renovara.

Contei isso para Dora, numa noite em que nos despedimos, ela ia viajar ao encontro dos pais, na Europa, demoraria muito e deveria voltar casada com um inglês que ela namorava há tempos.

– Por que me contou isso? – perguntou ela.

– Tive vontade – respondi. – De qualquer forma, embora tenha sido uma violentação, foi com ela que transei de verdade, sentindo tudo o que deveria sentir... até conhecer você. E agora, você vai embora... e eu voltarei às mulheres que pago... não vou me matar por causa disso, mas é triste...

– Você gostaria que eu ficasse? Acha possível isso?

– Não. Não acho possível.

Ela me segurou a cabeça, aproximou o rosto do meu, olhou-me fixamente:

– Não sei. Às vezes olho para você e duvido que esteja a seu lado. Sabe que andei fuçando na Internet informações sobre ciganos, elas não combinam com você...

Riu:

– Noite dessas, acessei uma lista de ciganos do cinema: Ava Gardner, Rita Hayworth, Irene Papas, Yul Brynner, Charles Bronson, Yves Montand, Charles Aznavour...

– Você vai muito ao cinema... já me falou num filme sueco...

– Bem, há ciganos em outras áreas. Tivemos um presidente da República que era descendente de ciganos pelo lado materno, gente lá de Praga, terra que você andou batendo à procura do outro...

– Isso nada tem a ver comigo. Você sabe disso.

Ela segurou minha mão, com carinho:

– Olha, eu estou indo embora... ainda não estou certa se deveria ir mesmo ou ficar aqui... com você...

– Não, Dora, seria um erro... sou um cigano... não tenho tempo de ser fiel a nada, a não ser a mim mesmo. E eu não sou eu...

– Lá vem você com essa história... sabe que eu não acredito nela?

– Eu também às vezes não acredito.

Jandira

Custei a admitir, mas, quando Dora partiu, fiquei uns tempos emburrado comigo mesmo, achando que não deveria deixá-la ir. E, pior do que o remorso que volta e meia sentia, perdi qualquer interesse nas mulheres que alugava, que antes me bastavam.

E pior ainda do que esta descoberta, que me fez passar meses sem procurar mulher alguma, voltei a pensar em Jandira, naquela posse estranha, que nunca se repetira.

E havia um complicador, aliás, dois complicadores que surgiam sempre que eu pensava nela. Primeiro: além de ser a culpada pelo meu destino de cigano no meio de não-ciganos, ela me denunciara ao marido, ficaria impossível tentar uma aproximação, a menos que eu comprasse briga feia com Ubiratan. Segundo: o que me levara a ela, naquela posse antiga, fora a necessidade de um ajuste de contas, uma vingança que se embaralhou com o desejo adolescente.

Como não tinha nada a fazer, deu-me vontade de vê-la. Eles agora moravam, segundo vim a saber no escritório que rompera comigo, lá para as bandas da Barra da Tijuca, deixaram a hereditária Zona Norte, Vila Isabel com os oitis do bulevar, e se metiam na banda dos emergentes, sinal que Ubiratan prosperava com suas papelarias.

Comprei um carrinho, e saí à procura dela com o método que usara antes, quando procurava o Eu mutilado pelo mundo todo – o que era bem mais difícil. E chegara a ele por acaso, naquilo que comumente podia ser considerado um golpe de sorte, na verdade, o cumprimento de um destino, o dele e o meu, sendo que eu não poderia precisar, nessa embrulhada toda, quem era eu, quem era ele.

Acreditava que o encontro com Jandira seria mais fácil, eu faria a minha parte, ela faria a dela – e o destino faria a sua.

Para qualquer um, seria idiotice aquela sub-missão, que era realmente missão secundária, missão sub, que não chegava a ser submissão como a outra. Mas nada tinha a fazer e mesmo que tivesse, nada faria, eu não devia nada ao mundo mas o mundo me devia tudo.

E a nova rotina – de ir todos os dias à Barra, perambular pelos supermercados, pelos restaurantes, pelos postos de gasolina – ao mesmo tempo em que me distraía, me consolava também, pois sentia falta de Dora, afinal, minhas coordenadas haviam mudado desde o encontro em Praga.

Teria sido fácil encontrá-la. A filial que Ubiratan abrira na Barra era relativamente grande, de mau gosto, parecia coisa de Miami – segundo diziam. Bastaria segui-lo e saberia onde moravam. Mas ele pouco freqüentava a papelaria de lá, ficava na matriz, centro da cidade, mesmo assim o vi algumas vezes. Não o segui porque me julgaria sórdido andando atrás de alguém que nada tinha a ver com o meu destino.

Uma tarde, já me preparava para voltar ao hotel, creio que vi Jandira saindo de um salão de beleza. De longe, parecia bem mais moça, o visual era mesmo de emergente, óculos escuros, cabelos pintados, um motorista a esperava. Não me aproximei, segui o carro dela, fui dar na praia, havia uma casa, o carro subiu uma rampa e sumiu.

Fora mais fácil do que pensava. Nem houvera a intervenção do acaso, como no encontro de Praga. Eu a rastreara como um bicho que rastreia o outro.

Só não sabia, naquele instante, que eu também estava sendo rastreado.

A volta

Quando cheguei ao hotel, me avisaram que eu fora procurado. Creio que isso acontecia pela primeira vez na vida. Nunca ninguém me procurara, eu é que procurara o outro, agora estava procurando Jandira, sem saber exatamente para que ou por quê.

– Deixou o nome? – perguntei por perguntar. No fundo, pouco me interessava quem estaria me procurando. Só podia ser algum corretor, um vendedor de qualquer coisa.

– Não. Não deixou nome nenhum. A impressão que me deu é que desejava apenas saber se o senhor morava aqui.

– E o senhor confirmou?

– Acho que sim. Disse que não estava.

– Devia dizer que não conhecia ninguém com o meu nome. Já havia pedido isso ao gerente.

O porteiro percebeu que eu ficara chateado. Pediu desculpas. E tentando me consolar:

– Ele não vai voltar. Só queria saber se o senhor morava mesmo aqui.

– Como é que sabe?

Ele suspendeu os ombros, indicando que era apenas um palpite, um "sei lá" qualquer.

Já ia pegando o elevador quando se lembrou de me avisar:

– Ele tem um defeito na mão... não tem um dedo.

O dia da caça

Passara a vida caçando o Eu que era ele, chegara a vez de ser caçado por Ele que era eu. Sem querer contar vantagem, a minha tarefa, além de ter sido bem-sucedida, fora mais difícil. Afinal, eu tinha o mundo inteiro para buscar aquele Eu que eu devia ser. Nem tinha certeza de sua existência, ele podia ter morrido.

Mesmo assim, por acaso é certo, acaso que recompensou a minha obstinação, acabei encontrando-o. Quase não falamos. A cigana jovem que estava com ele acreditou que o protegia e enfrentou aquilo que poderia parecer, a ela, um perigo.

Mas tanto eu como ele sabíamos que não era isso.

A cigana quis saber o que eu queria, de onde vinha, falei o mínimo. Disse que ouvira a canção cantada em português, estava em Praga de passagem, voltaria logo para o Rio. Ela me pediu o nome.

Estranhamente, enquanto hesitava se devia ou não dar o meu nome a dois desconhecidos, fui surpreendido:

– Ele se chama Oscar. Tem o mesmo nome que eu – disse o cigano.

Confesso que fiquei espantado:

– Como é que sabe meu nome? – perguntei.

Ele me olhou com firmeza, como se quisesse me hipnotizar. A luz da fogueira, iluminando nossos rostos, fazia os olhos dele refletirem as chamas. Ou deviam ter mesmo um fogo estranho, o mesmo fogo que muitos notavam em mim. Mas eu era um cigano. Ele não.

A moça percebeu que o amigo dela não queria falar. Encerrou o assunto:

– Se ele disse que seu nome é Oscar, é Oscar mesmo. Ele nunca se engana.

Nosso diálogo ficara nisso. Reparei que entre os dois, a jovem e ele, havia mais do que intimidade. Ele era o chefe, mais do que isso, era o dono dela. E apesar de estarmos no escuro, com a luz cor-de-fogo que vinha da fogueira, deu para ver nele alguns traços do pai, a altura, o cabelo liso – que nada tinha com o cabelo encaracolado dos ciganos, como o meu –, a linha do nariz, a boca que parecia ter sido aberta por faca.

No dia seguinte àquele encontro, quando o sol saíra por alguns minutos, ali por volta das 11 horas, tomei coragem e enfrentei o frio de Praga. Fui àquele beco sem saída, onde encontrei vestígios da fogueira – e mais nada.

Não importava. Eu o tinha visto. E ele também me vira.

Paz

Durante uma semana, pouco mais talvez, esperei nova visita. Imaginara errado, pensando que ele teria a mesma urgência que eu tivera em encontrá-lo. Quase não saía do hotel. E quando saía, ficava caminhando na calçada próxima, se ele passasse por ali, casualmente ou não, eu o veria e ele me veria.

Quanto à Jandira, agora que eu sabia onde morava, ficara tranqüilo. O dia que quisesse, forçaria um encontro, nada de mais, ela devia se lembrar de mim, muito até, desde aquela troca de crianças em Lins de Vasconcelos, até o momento em que a possuí no final da escada, comendo a minha vingança, quente e não fria como a dos deuses.

Na realidade, nem sei por que começara a procurá-la. Vivendo sozinho, sem interesse em manter relações com os parentes do pai e da mãe que não eram meus, Jandira me sobrava como uma testemunha e, ao mesmo tempo, uma adversária. Embora involuntariamente, ela influíra no meu destino. Mas nunca a considerei culpada.

Mesmo assim, senti a obrigação de vingar-me. Alma cigana, que a convivência com não-ciganos não chegara a deformar, eu conservava o clima, a carne cigana, e esta ficou imune ao ambiente em que cresci e, de certa forma, me eduquei – embora não tivesse educação alguma.

Admitia, um tanto contrariado, que tudo mudara após o encontro em Praga. Tal como mudara, em menor escala, após possuir Jandira. Queimara etapas, cumprindo missões misteriosas que o meu sangue exigia. Em muitos sentidos, me considerava quites com o mundo que tanto me devia – e agora eu já começava a achar que o mundo nada me devia.

Na verdade, iniciava uma vida nova, feita de solidão, é certo, mas feita de imensa, imerecida paz.

Guerra

Domingo. Dia chato para quem mora em hotel. Nada acontece nas ruas, nada acontece no mundo.

Eu me dava bem com a solidão e benìssimo comigo mesmo, incluindo o tipo de vida que levava, que incluía o pequeno apartamento acoplado à estrutura de um hotel três estrelas.

Mesmo assim, os domingos me deprimiam.

Não saí do hotel o dia todo – além do mais, estava chuviscando, sempre que podia evitava sair em dias de chuva, não que a chuva me irritasse, mas não gostava de ver o céu cinzento e baixo, as nuvens formando uma abóbada escura, sem as nuvens redondas e brancas que ainda me distraíam quando nelas eu procurava ovelhas e dragões.

O interfone tocou. Era da portaria. Uma moça me procurava.

– Deu o nome? – perguntei.

Ninguém me procurava. E desde que Dora viajara, não tinha moça alguma que soubesse onde eu morava.

Desci pelo pequeno elevador que ligava a ala dos apartamentos à portaria do hotel.

Vi a moça de costas. Ela se voltou quando notou que eu me aproximava. Não a conhecia.

– Oscar? – ela sabia meu nome.

– Sim...

Olhei-a com atenção. Tentava reconhecê-la. Alguma das mulheres que alugava por aí e que anotara meu endereço e viera me pedir alguma coisa? Não, não parecia isso. Uma amiga de Dora trazendo-me um recado? Não podia ser, Dora não teria recado algum para me dar.

– Lembra-se de mim? – perguntou a moça, com uma humildade que não parecia sincera. E com um sotaque em que as palavras em português tinham o ritmo espanhol.

– Não. Honestamente não.

Ela me fitou com seriedade:

– Ano passado... em Praga...

Para falar a verdade, fiquei perturbado. Controlei-me para que ela não percebesse isso. E como havia se levantado, pedi que sentasse e sentei-me também, a seu lado.

E como eu não confirmara nem negara o encontro em Praga, ela continuou:

– Sou Manuela... companheira do Oscar. Ele está aqui, veio à sua procura...

– Sim, acho que sim... ele não deixou recado mas soube que esteve me procurando...

– Como sabia que era ele? Ele não costuma deixar o nome...

– Bem... – hesitei se devia contar que o porteiro notara a mão aleijada dele – ... o porteiro o descreveu e eu achei que só podia ser ele.

Manuela entendeu.

– É. Aquela mão...

– Ele sente revolta por ter a mão sem um dedo?

Ela riu:

– Pelo contrário. A falta do dedo deu-lhe habilidade manual, ele faz qualquer coisa com as mãos, aprendeu mágicas, quando estamos precisando de dinheiro, ele faz artesanatos que vendemos por aí... não, ele nunca reclamou do aleijão...

Aquela referência à vida cigana me fez observar a moça. No encontro em Praga, pouco notara nela, tudo se concentrara nele, ela se aproximara numa atitude de quem desejava protegê-lo de um estranho. Estava vestida como cigana, saia em roda e estampada, os seios quase nus e grandes, rosto moço, as argolas na orelha, o cabelo preso atrás.

Bem diferente da mulher que estava agora ao meu lado, de *jeans* e bustiê deixando aparecer metade dos seios. Tirante este detalhe, de escancarada sensualidade, tudo nela era discreto, comportado, burguês.

– Você é bem cigano. Acerta sem querer. Oscar não se revolta por ser aleijado... é revoltado de forma pior... antes tivesse revolta por causa da mão...

– Ele não aceita ser cigano?

A moça pareceu satisfeita ao perceber que podia tocar no assunto. Chegou a rir:

– Não... nada disso... ele é um cigano inteiro, de corpo, sangue e alma, é mais cigano do que qualquer outro cigano...

– Então... por que a revolta dele?

Manuela ficou séria:

– Você não é um revoltado?

– Acho que não. Vivo a minha vida...

– Mas você é cigano, tem o nosso sangue... aceitou viver no meio dos outros... gostou? Lambeu a bota deles?

A agressão me pegou desprevenido.

– Não precisei lamber a bota de ninguém. Também não fiz questão que lambessem a minha...

– Desculpe... não queria ofender... mas pensei que o problema do Oscar fosse igual ao seu... ele é revoltado... mas você é ajustado...

– Nem tanto assim. Levo a minha vida, tenho minhas manias, gosto de ser como sou... quis encontrar o Oscar... procurei-o por aí, pelo Brasil inteiro, depois fui a Paris... a Praga, encontrei-o por acaso, olhei para ele, ele olhou para mim, ficamos quites, nem antes nem depois teria motivo para revolta...

– Acho que você falou tudo... tem sangue cigano mesmo... é da raça esta maneira de sentir as coisas... você disse que ficou quites, empatado, não é?

– É.

– Oscar também. Precisa empatar a guerra, só assim deixará de ser revoltado e será um cigano como nós, completo... sem cólera. Está me entendendo?

– Acho que sim. Apenas não se empata uma guerra. Empata-se uma partida, um jogo. Na guerra, um vence, outro perde.

– Talvez tenha razão. Jogo ou guerra, você ficou quites. Oscar ainda não.

– Ele quer me destruir para ficar empatado... para ficar empatado na guerra dele?

Manuela riu, distraída:

– Nada disso. Pelo contrário. Ele quer ser amigo.

– E voltou ao Brasil para isso? Para ser meu amigo?

– Não exatamente. Ele quer se encontrar com você.

– Por que não voltou ao hotel? Para ser sincero, eu o esperei a semana toda, não saía daqui, acreditava que me procuraria novamente...

Manuela ficou séria:

– Tem uma coisa. Aqui ele não pode andar livremente, nem eu tampouco. Não podemos usar roupas ciganas, nem chamar a atenção dos outros...

– Mas os ciganos não são perseguidos... não há crime em ser cigano... há muitos ciganos, pelos subúrbios, no Estado do Rio, no interior de São Paulo, na Bahia, são milhares... até no Amazonas...

– Sim... sei disso... nasci na Argentina mas vim cedo para cá, conheço quase todos os grupos ciganos de Porto Alegre à Bahia, e sempre me vesti como cigana, sinto-me estrangeira quando boto essas roupas, nada têm a ver comigo... mas não posso chamar a atenção... sou obrigada a fingir que não sou cigana...

– E tudo isso por causa dele?

Ela pareceu perturbada. Imaginei que fosse chorar, fez que sim com a cabeça e pareceu se distanciar da conversa e de mim.

– O que houve agora? Disse alguma coisa que a ofendeu?

Ela colocou a mão em cima da minha e a afagou com carinho.

– Não. Nada disso. Eu não devia ter vindo aqui, procurá-lo. Se ele souber, ficará zangado, não é violento mas aprendeu a bater nos outros quando está contrariado... ele quer ser um cigano completo... faz tudo o que ele acha que os ciganos devem fazer... inclusive bater nas mulheres quando elas traem...

– Você não está traindo ninguém...

– De certa forma estou. Ele não sabe que vim aqui.

– Bem, eu estava pensando que ele mandara você para me dar algum recado... um aviso... sei lá... depois que o encontrei em Praga, aquele encontro tão rápido, dei por finda a missão, cheguei aonde queria e, sinceramente, não me preocupei mais com ele.

– É que você só é cigano de corpo. De alma, é um gadjo.

Olhei-a com certa raiva:

– Não estou entendendo.

– Oscar não é cigano como você, é um gadjo que viveu e vive no nosso meio, já disse que ele quer ser mais cigano dos que os ciganos. No fundo, você ficou igual aos gadjos, não adianta ter esses olhos, esses cabelos encaracolados, essa pele morena. Oscar não tem nada disso mas é um cigano de... de...

Ela procurava uma palavra. Fez um gesto em direção à própria barriga:

– Ele é cigano aqui, na tripa... no... no...

Teve dificuldade de dizer a palavra. Talvez não a soubesse em português, embora em espanhol seja bem parecida.

Ela não precisou dizê-la. Eu entendi.

Silvana

Dois dias depois, desci à rua para tomar café, comprar cigarros e percebi que, ao atravessar o largo do Catete, em frente ao Palácio, um homem parecia me esperar do outro lado.

Vestia *jeans* e tinha um tênis branco, sujo. Mas a camisa era de seda, limpa, fora de moda, bem folgada no busto. Tinha barba, uma barba meio grisalha, apesar da idade, que era a mesma que a minha.

Eu o tinha visto somente uma vez, numa noite de Praga, iluminado por uma fogueira. Não lhe guardara as feições, notara apenas que tinha traços do pai. Agora, com a barba, não lhe via a boca que parecia cortada à faca. Mas o nariz, os cabelos lisos, que também começavam a ficar grisalhos, tudo isso era o pai.

Se tivéssemos marcado o encontro na véspera, não teria sido tão natural. A primeira impressão que me deu foi a de saber da visita de Manuela, dias antes.

Quando saí do bar, abrindo o maço que acabara de comprar, senti – e tenho a certeza de que ele também sentiu – que vivêramos todo o tempo juntos, eu era ele, ele era eu.

Cruzamos o largo em frente ao Palácio, em silêncio nos encaminhamos para a praia. Atravessamos as pistas do Aterro. Chegamos quase à areia. Alguns banhistas, poucos, tomavam sol, a água não parecia limpa, devia estar suja de óleo ou de algum vazamento de esgoto. Chovera na véspera.

Ele me pediu um cigarro. Foi a forma de me mostrar, à luz do dia, o seu aleijão. Era realmente uma garra. O dedo médio crescera descomunalmente, para ocupar parte do espaço que seria do indicador. Lembrei o Bório, em Paris, que tinha garra igual. Na mão do Bório, os dedos pareciam moles, feitos de borracha.

Em Oscar, não. A mão resultava enorme, forte, os dedos eram de ferro, sobretudo o polegar e o médio, que pareciam formar uma dupla à parte, destacada dos outros dedos.

Acendi-lhe o cigarro e começamos a caminhar numa das pistas do Aterro, junto ao mar.

– Manuela contou tudo? – perguntou afinal.

– Tudo o quê?

– Tudo – disse ele, dando um sentido especial à palavra.

– Não sei. Acho que sim...

– Falou da Silvana?

– Silvana? Não... não falou em nenhuma Silvana.

Procurou o meu olhar para ver se eu mentia. Ficou satisfeito ao saber que eu dizia a verdade. Fez uma pausa e disse:

– Silvana... Silvana é a culpada de tudo...

– Não falou nisso. Aliás, não falou sobre mim, que ela não deve conhecer. Falou de você.

– Mas se não falou de Silvana, não falou nada. Silvana foi quem me trocou por você... era uma filha da puta... me deu para outra cigana...

– Não sei como vivem os ciganos, mas tenho a impressão que é comum essa troca de crianças... posso estar enganado...

– Está. Nem todas as ciganas abandonam os filhos, pelo contrário. Mas Silvana não era minha mãe.

– Mas ela devia saber isso. Afinal, foi ela quem...

– Sim, foi ela que me tirou do berço, embrulhou-me num xale, só mais tarde, bem mais tarde, quando chegou ao Jardim do Méier, onde estava o grupo dela, foi que viu isto...

Oscar levantou a mão.

Procurei não olhar o aleijão, mas sentia-o, como um animal que poderia sair da jaula e me atacar.

Ficamos em silêncio, fomos e voltamos até as proximidades do hotel Glória. De repente, Oscar me segurou pelo braço com sua mão mutilada. Ficamos parados frente a frente. E ele me disse com naturalidade, como se tivesse feito um ato neutro, que não era com ele:

– Eu a matei.

O código

Passei uns dias fora do Rio. Morando em hotel, no Flamengo, tanto me fazia morar em outro hotel em qualquer parte do mundo, desde que não fosse numa tenda ou numa carroça. Apesar do meu sangue cigano, a convivência com o mundo burguês me exigia um mínimo de comodidade.

Foi a forma que encontrei para evitar novos encontros com Oscar. Eu passara a minha vida adulta, até há pouco, buscando-o neste mundo, vasto teto, céu nem sempre azul. A missão, e a conseqüente submissão, acabara, eu estava finalmente livre. E me sentia desconfortável ao saber que, agora, era ele que me seguia.

Além do mais, aquela revelação me incomodava, que diabo, imaginava os pais que conheci, quadradões no fundo, gerando um assassino. Já haviam tido problemas com o filho que nascera com a mão aleijada, o dedo ausente indicando a sífilis do pai. Mas não mereciam isso, ter um filho capaz de matar a mulher que ele, de certa forma, devia julgar ser sua mãe.

Fiquei num hotel em Teresópolis, na Várzea, hotel velho, que tivera suas glórias. No final do primeiro mês, desci ao Rio, passei pelo apart-hotel, apanhei as contas de luz e gás (não tinha telefone), assinei cheques, apanhei um dinheiro e ia voltar para Teresópolis quando, ao sair do prédio onde ficava o escritório do Magalhães, encontrei Manuela na calçada.

Ela me esperava. Estava vestida com a mesma calça *jeans*, uma blusa de seda bufante, parecia a mesma que Oscar usara no encontro que tivéramos. Os seios pareciam maiores, agora que estavam sem o bustiê e se esparramavam pela seda da blusa.

– Oscar! – ela me chamou, pensando que eu não a vira.

Aproximei-me.

– Você andou me seguindo?

– Andei.

– Por conta própria?

– Não. Foi Oscar que pediu. Ele ficou vigiando o seu hotel, e como sabia que você voltaria mais cedo ou mais tarde, pediu que eu ficasse aqui, até que você aparecesse.

– E como adivinharam que eu iria voltar?

– Você não conhece os ciganos. Somos capazes de passar um ano, dois, três anos, esperando que alguém passe por um lugar. E ele acaba passando.

Ela percebeu que eu estava aborrecido, não com o encontro em si, mas por estar sendo seguido.

Acrescentou:

– Estou aqui e você também...

Eu precisava andar até o estacionamento onde deixara o carro e avisei-a:

– Vou apanhar o carro, ele não está longe, podemos conversar ou não há nada para conversar?

Ela me acompanhou:

– Há. Há muita coisa para conversar, mas isso é assunto para homens, para você e o Oscar... uma cigana não se mete em assunto de homem... ele precisa falar com você.

– Precisa? Ou quer falar?

– Dá no mesmo. Você vai continuar fora do Rio?

– Não sei. Acho que não. Sinceramente, não queria encontrar vocês, mas já que aconteceu... não tem sentido ficar fugindo, mesmo porque não tenho nenhum motivo para fugir de ninguém.

Subi para Teresópolis, dormi mais uma noite no velho hotel da Várzea, no dia seguinte fechei a conta e voltei para o Rio. Ao deixar o carro na garagem do apart-hotel, não tomei o elevador interno, fui à calçada, olhar a rua. Tinha a certeza de que Oscar estaria lá. Mas não estava.

Durante uma semana ele não apareceu. Nem ele nem Manuela. Mas eu sabia que era inevitável o novo encontro. Num domingo, após ter caminhado na praia, parei num bar para tomar uma cerveja. Estava no balcão, esperando ser servido, quando alguém se aproximou por trás:

– Também quero tomar uma cerveja. Vamos sentar.

Era ele.

Havia mesas e cadeiras na calçada, levei a garrafa e dois copos para lá.

– Antes de mais nada, por que você está me seguindo?

Oscar não tinha pressa para nada, muito menos para responder perguntas. Tomou um gole de cerveja, bem devagar, olhando-me com curiosidade.

– Não estamos seguindo você. Manuela não tem nada com isso. Sou eu que estou seguindo você. E não pode reclamar, você também me seguiu.

– Sim, mas desde que o encontrei perdi... perdi o interesse... tinha cumprido a missão...

– Não, Oscar, você não cumpriu missão alguma ao me procurar. Simplesmente você cumpriu um código... um código que um gadjo não conhece, mas está dentro de você.

Direito e dever

Já estava deitado, tentando dormir, quando tive vontade de levantar e fugir mais uma vez do Rio. Não havia desfeito a mala que trouxera de Teresópolis, era só pegar o carro e ir para qualquer cidade, uma cidade mais longe, em Minas, ali pelo sul, talvez Caxambu, São Lourenço... ou em outra direção, Tiradentes, São João del Rei.

Cheguei a sair da cama e ia entrar no chuveiro quando descobri a inutilidade da fuga. Querendo ou não, para o bem ou para o mal, eu procurara Oscar pelo Brasil inteiro, pela Europa. E agora me transformara em missão para ele, missão que ele encarava com seriedade, como um código que precisava cumprir, que iria cumprir de qualquer maneira, comigo ou sozinho.

Durante a tarde, enquanto tomávamos cerveja na calçada do bar, ele me contara aquilo que no início me repugnara, agora não mais. Matara Silvana, a cigana que o raptara. De início, pensei que Silvana seria a minha mãe verdadeira. Oscar riu:

– Não. Nenhuma cigana vende, troca ou perde o próprio filho. A sua mãe não era Silvana. Ela detestava sua verdadeira mãe, uma cigana mais jovem que lhe roubara o marido. Estavam acampados ali pelo Méier. Silvana roubou o garoto e foi com uma amiga bater as ruas em busca de dinheiro, ler a mão dos gadjos, entrou naquela casa, teve oportunidade de se livrar do guri que era filho da rival, trocou as crianças, deixou-o no berço e me trouxe. Não reparou que eu tinha um aleijão... quando descobriu... me abandonou em qualquer canto... Mas os ciganos têm um código, ela seria castigada pelo grupo. Já que me roubara, que ficasse com o roubo... e me criasse... foi assim que me tornei cigano... também tenho esse código...

– Tudo bem... compreendo... eu devia ter também algum código mas vivi em outro meio... penso de outra forma e, sobretudo, não creio que teria coragem ou necessidade de matar ninguém, principalmente a mulher que, bem ou mal, me criou...

– Você só é cigano de sangue... não sabe o que devemos fazer, o que devemos esquecer, o que não devemos esquecer...

– Apesar disso, continuo achando que, mesmo entre ciganos, não se deve matar sem um motivo...

– Mas eu tinha um motivo. Nossa moral é diferente da sua. Os gadjos têm uma noção de justiça impessoal. Quando um gadjo mata outro, com ou sem motivos, outros gadjos se reúnem num tribunal e em nome de uma lei feita por outros gadjos, condenam ou absolvem o matador, que é considerado um criminoso. Nós não temos criminosos. Nossa justiça é feita individualmente, personalizada, em nome de leis que brotam em nossa carne. Os outros não têm nada com isso. Se um cigano rouba a minha mulher, não são os outros ciganos que o julgarão e o executarão. Eu é que o julgarei e o matarei. É o meu direito e, ao mesmo tempo, o meu dever.

Dana

Desanimei de viajar àquela noite. Não adiantava fugir. E embora me estranhasse, achava que havia um sentido no "código" que Oscar invocava.

Ele me contou uma história comprida, que eu nunca ouvira antes, mas que se encaixava na moral que ele, mesmo não sendo cigano como eu, adotara com firmeza.

Pouco antes do meu nascimento, bem no início dos anos 60, houve um caso que ficaria famoso na polícia carioca. Uma jovem cigana, Dana Edita Fischerova, nascida na Tchecoslováquia, em 1921, fora seqüestrada no caminho entre o Rio e São Paulo. Ela morara em Roma, passava-se por judia, foi amante de oficiais nazistas durante a guerra, entregou judeus italianos aos alemães, judeus que foram mortos ou enviados para os campos de concentração.

Com a vitória dos aliados, ela foi para a Espanha, que havia se conservado neutra durante a guerra, casou-se com um gadjo, que a levou para Monte Carlo, onde chegou a dançar numa companhia de balé. Como cigana, não ficava em lugar algum, foi para o México, onde se casou com um diplomata brasileiro, que havia sido automobilista nos anos 30, Manuel de Teffé.

E como Dana de Teffé, já rica, riquíssima, veio para o Brasil, dizendo-se perseguida por patriotas tchecos que a queriam matar. Encontrou um advogado, de quem teria se tornado amante. Era, ao que parece, um vigarista. Planejou levá-la de volta para a Europa, mas não podia embarcar do aeroporto do Rio, o advogado convenceu-a de que seria presa ou justiçada se tentasse fugir pelo Galeão.

Rumaram de carro para São Paulo, e ela desapareceu no caminho. O advogado disse que fora atacado na estrada, desconhecidos a levaram. O fato é que Dana sumiu e a polícia suspeitou do advogado, principalmente porque jóias, propriedades e dinheiro de Dana ficaram com ele.

Apesar da evidência, a Justiça não pôde condenar o advogado, o cadáver de Dana nunca foi encontrado. Durante anos, três ou cinco anos, suspeitas foram levantadas, gente que dizia ter visto Dana ali ou aqui. E também muitas ossadas foram descobertas pela polícia, mas não eram de Dana.

– Sem cadáver não há crime. Um princípio da justiça dos gadjos – disse Oscar, finalizando a complicada história na qual acreditei por acreditar, sem nenhum interesse em saber se era ou não verdadeira.

Pelo que deduzi, a justiça dos não-gadjos consideraria normal o desaparecimento ou a morte de Dana, não teria havido crime, houvesse ou não um cadáver como prova de delito.

– Havia dezenas de pessoas que teriam o direito de matar Dana... ela sim, cometera um crime, delatando judeus que, como muitos ciganos, foram exterminados pelos nazistas durante a Segunda Guerra Mundial. Qualquer um deles, tendo oportunidade, deveria matá-la.

– Seria a lei da vingança...

– Não. Seria a justiça pessoal, individualizada, o criminoso contra a vítima, ou alguém pela vítima... Não faz sentido é a justiça dos gadjos. Gente estranha, que não teve nada com o crime, nem contra nem a favor, em nome de princípios abstratos, vinga a morte de alguém que muitas vezes mereceria morrer... um absurdo...

Compreendi aonde Oscar queria chegar. Ou melhor, aonde já chegara.

– E foi assim que você matou a cigana que nos trocou?

– Sim... era um direito e um dever. Eu não seria um cigano, não seria aceito pelo meu grupo se não cumprisse o dever e abdicasse do meu direito. Silvana roubara você de sua mãe verdadeira, isso já obrigaria você a puni-la. Mas você vivia como gadjo. Ela trocou você por mim... e eu fui impedido de viver a minha vida de gadjo, uma vida que se tornaria normal, como normal se tornou a vida que passei a levar entre os ciganos.

– Pelo que depreendo, fico-lhe devendo o favor de ter feito o que eu devia ter feito...

– Sim, em certo sentido sim, quando estrangulei Silvana, não pensei em muitas coisas mas lembrei que eu não deveria estar ali, fazendo aquilo. Você é quem devia estar ali, estrangulando-a.

– Precisava estrangular? Não seria mais fácil uma cilada, jogá-la do alto de um edifício, envenená-la... ou mesmo um tiro... um punhal... Deve ser horrível matar uma pessoa, mas estrangular... apertar o pescoço e ver o rosto da vítima se decompor...

Oscar estava levantando o copo para tomar mais um gole de cerveja. Eu já esquecera de olhar sua mão aleijada, mas reparara a força com que o segurava, usando apenas dois dedos, o polegar e o médio, que era monstruoso, parecia nascer do pulso. No vazio entre os dois dedos, o copo se encaixava como se houvesse sido desenhado especialmente para a sua mão.

Ele deixou o copo na mesa e me mostrou a mão, quase a sacudindo na minha cara.

– Você não sabe a força que eu tenho nesses dedos. Sou capaz de quebrar uma noz, o gargalo de uma garrafa... e...

Encorajei-o:

– ... e...

– Ainda falta... ainda falta... falta cumprir o código...

O trato

Dias após a conversa, voltei ao escritório do Magalhães. Era época de declarar o imposto de renda, havia exigências a cumprir.

Fui atendido pela funcionária que cuidava dos meus papéis, já estava de saída quando Magalhães veio fazer qualquer coisa ali. Quando me viu, olhou-me esquisito, entre admirado e irônico.

– Como é? Parabéns! Espero que continuemos amigos...

Não entendi o cumprimento. Ele percebeu:

– Você não soube? Não lê jornais? Saiu o anúncio convidando para a missa... sua tia vai ficar riquíssima... não há sócios, filhos, irmãos, sobrinhos... só tinha mesmo a mulher... muitos anos de vida em comum, ela herda tudo...

Não soubera que Ubiratan tinha morrido. Um enfarte ou coisa que o valha, dessas que acontecem com qualquer um.

Não o lamentava, nunca me fizera mal, chegara a me aturar por algum tempo, quando era criança, tendo como única pessoa a cuidar de mim, como única parenta, a tia que com ele se juntara. Mas houvera aquela confusão, dupla confusão em dois estágios. Primeiro, a posse que eu pensava ser a minha vingança, mas era o meu desejo que começava a nascer. Segundo, a confissão que Jandira fizera a Ubiratan, que eu a violentara na escada, cortando-me qualquer possibilidade de reconciliação com ele.

Ubiratan chegara a obrigar seus contadores a não mais me atenderem, tentando com isso complicar minha vida. E só não complicou porque o contador dele indicou-me um outro, que agora estava à minha frente, tentando me seduzir.

– Pelo que sei – dizia ele – você será o único herdeiro dela... quatro papelarias bem instaladas, em sedes próprias, grandes estoques, bom conceito na praça... seria o caso de você se aproximar dela... sobrinho único...

E de repente, mudando o rumo do pensamento:

– Quantos anos tem ela agora? 50? 55? Está bem conservada, um pouquinho gorda para o meu gosto mas olha... é uma viúva pródiga... não vai faltar gente para dar o bote... quatro papelarias... sedes próprias...

– Você não está sugerindo que eu me case com ela...

Magalhães fez cara compungida:

– De jeito algum! Estou falando por falar... de qualquer forma, você deve se aproximar, protegê-la, muito urubu vai cair em cima da carniça... e se ela souber conservar o que ganhou...

A conversa não me agradava e Magalhães percebeu isso. Perguntou como iam os meus papéis da Receita Federal, a funcionária disse que estava tudo resolvido, só no próximo ano eu seria incomodado.

Despedi-me secamente, dando a entender que ficara chocado com a perspectiva que Magalhães me abrira. Quando cheguei à rua, senti uma espécie de alegria pela morte de Ubiratan em si, e pela possibilidade de, mais cedo ou mais tarde, ampliar meu escasso patrimônio, até então limitado ao que herdara do pai e da mãe.

Eram pensamentos rápidos, eu os expulsava também com rapidez. Já havia esquecido Jandira, esquecera os pais. Quanto a Ubiratan, nem precisava esquecer dele, entre outras coisas, porque nunca me lembrava dele.

Daí o meu espanto quando, pouco depois da ida ao escritório do Magalhães, ao sair do apart-hotel para caminhar pela praia e tomar um pouco de sol, vi Manuela do outro lado da rua me esperando.

Como sempre, de *jeans* e camisa bufante. Não parecia em nada com a cigana iluminada pela fogueira, num beco sem saída de Praga... eu mal reparara nela. Agora, atravessando a rua e vindo em minha direção, eu me perguntava: "Por que não?"

– Oscar precisa falar com você – disse ela.

– Ele sabe onde moro, sempre me encontra quando quer...

– Ele precisa conversar com você.

– É importante?

– É.

– Para mim ou para ele?

– Para os dois.

Minha caminhada pela praia poderia ser transferida para a parte da tarde, quando também é bom caminhar por ali, há menos gente e o sol é menos forte.

Acompanhei Manuela, nem tirei o carro da garagem, ela me garantiu que era perto. Tomamos o metrô no Largo do Machado, em direção à Tijuca. Saltamos na penúltima estação daquela linha, subimos à superfície e vi que estávamos no início da rua São Francisco Xavier, onde minha mãe fora morar após a separação com o pai.

Não falamos durante a viagem. Mas reparei que ela chamava a atenção dos homens, pelos seios enormes que pareciam soltos sob a blusa de seda, nus e fartos. E eu já nem precisava olhar para ela, nem para eles. Sabia-os a meu lado, numa proximidade que dava para sentir o cheiro deles, a violência da liberdade em que existiam.

Por duas ou três vezes, notei que ela percebia o meu interesse, também deve ter sentido o cheiro do meu desejo. Mas tinha um jeito especial de se tornar distante, como se nada percebesse, como se fosse notada não exatamente pela sua beleza, mas pelo seu clima de cigana, no qual os seios pareciam duas sirenes anunciando que ela estava ali, que pedia passagem.

Entramos numa das raras casas ainda existentes naquele trecho da rua cortada pelo rio Trapicheiro. Casa velha, em ruína, mas que tivera seu momento de esplendor.

Pelo que depreendi, ali moravam ciganos, em grupos separados, que não se davam uns com os outros. Cada grupo era uma nação em si mesma. Manuela subiu a escada de mármore, agora estragado, mas que tivera nobreza em suas linhas. Lá em cima, havia dois salões enormes e num deles, amontoados com seus baús e trecos, coisas de cozinha e até uma espécie de oratório, o bando que abrigava Oscar e Manuela.

Num colchão novo, limpo, o mais novo e o único limpo que ali havia, estava Oscar, de *short*, o busto nu, as pernas quase lisas, diferente em tudo dos demais ciganos cabeludos que descansavam em outros colchões ou esteiras, diferente sobretudo de mim, que sou cabeludo, azeitonado como os ciganos, a cuja raça afinal pertenço.

Quando me viu, Oscar se levantou, olhou Manuela com severidade, como se a repreendesse por levar-me ali. Vestiu uma blusa de malha preta, de boa qualidade, e isso me fez pensar na blusa de seda de Manuela, que era dele também. Oscar dormia em colchões no chão, sem trabalho nem lida, mas gostava de roupas boas e vistosas.

Com um olhar, mandou que Manuela ficasse ali em cima e me tomou pelo braço, em silêncio, um silêncio que aumentava a determinação com que desejava falar comigo.

Descemos as escadas. No andar de baixo, havia outro grupo de ciganos, aparentemente, nenhum deles se dava com Oscar ou se importava com um estranho no meio deles. Isso era fácil de perceber, nos olhares baixos que não olhavam para nada, da mesma forma que, nos ouvidos, pareciam nada estar ouvindo, embora sugassem o próprio silêncio. Eles pareciam saber de tudo, do que houvera e do que certamente haveria, de maneira que o presente, o que acontecia no presente, não tinha importância alguma.

Lá fora, Oscar me levou ao pátio que servia de estacionamento para a matriz de São Francisco Xavier, a igreja era recuada, o espaço em frente, protegido por grades, fora reservado inicialmente para as quermesses da paróquia, rendia mais como estacionamento de carros, em missas, casamentos, em festas maiores, ficava lotado.

Não havia bancos ali, ficamos andando de um lado para outro, como se a qualquer momento fôssemos entrar na igreja – o que nem Oscar nem eu, o outro Oscar, pensávamos fazer.

Aquele preparativo todo, ter mandado Manuela me apanhar, me levar para aquele estacionamento deserto, devia anunciar alguma coisa importante para ele.

– Pedi a Manuela que fosse apanhar você. A partir de agora, será bom que ninguém mais nos veja juntos...

Estranhei:

– Por quê? Lá em cima, aqueles ciganos viram a gente...

– Eles não viram nada – disse Oscar com firmeza, sabendo o que dizia. – Nem Manuela, entendeu, nem Manuela viu a gente. Ela o trouxe aqui, mas a partir do momento em que descemos para cá, ela não viu mais nada...

Senti que haveria um motivo para aquela aparente contradição.

– Está bem, prometo que não farei perguntas...

Oscar me olhou com simpatia, embora o sentisse tenso.

– Preciso de sua ajuda, só no início. Depois caminho sozinho, por conta própria.

Entendi errado:

– Está bem. Se você pensa que sou rico, está enganado... mas se puder, se não for muita coisa, poderei ajudar...

Ele riu:

– Nada disso. Não é dinheiro... fique tranqüilo... temos outros meios de arranjar dinheiro...

– Bem, estou ouvindo.

– É simples. Preciso que você me mostre a... a sua tia... onde mora... quem é ela...

Não sei o que se passou comigo. O inesperado daquele pedido devia me paralisar de surpresa, me encher de pasmo. Entretanto, considerei-o normal, como se o esperasse.

Pensei um pouco, ou melhor, não pensei em nada, apenas ganhei tempo para responder:

– Sim... há muitos anos não a procuro mas sei onde mora... pelo menos onde morava até há pouco... sei que ficou viúva e rica...

Oscar me interrompeu:

– Isso não interessa. O que ela é ou será não importa.

– Bem, se é assim... por que vai procurá-la?

– Não esperava que me fizesse esta pergunta. O motivo... você quer saber o motivo? Pois não há motivo... aí está a nossa diferença... você é cigano mas nunca viveu como cigano, não conhece nossas leis... leis que não são escritas...

Parou de caminhar e procurou meu olhar. Falou mais com os olhos do que a boca:

– Você sabe que matei Silvana... a cigana que me trocou por você... matei com esta mão... com estes dedos...

E mostrou suas garras.

– Pode parecer uma coisa errada, aquilo que os gadjos chamam de crime, de pecado, sei lá... Mas para nós é uma lei natural, tão natural como respirar, dormir, comer, amar...

– Pelo que estou entendendo, você pretende...

Não tive coragem de prosseguir. Mesmo assim, Oscar entendeu.

– Exatamente. Quem deveria fazer isso seria você, mas você é um gadjo como outro qualquer, apesar de ter sangue cigano. Não se sinta culpado...

– Não me sinto culpado... fique tranqüilo a esse respeito... não me sinto culpado...

– Ótimo. Esperava alguma reação de sua parte, mas você não se corrompeu tanto assim, no meio dos gadjos...

Achei que devia ser claro:

– Você deve ter tido problemas que eu também tive, mas com sinais trocados... assim como você viveu como cigano, sente e age como cigano, eu vivi, sinto e procedo como um gadjo... se precisa de minha ajuda para alguma coisa, sinceramente, eu o ajudarei... mas não quero complicar a minha vida de gadjo, minha comodidade... minhas manias... tenho a sua idade, 33 anos, e assim como você está habituado a ser cigano, eu estou habituado a ser gadjo. Empatamos.

– Sei... sei... e compreendo... mas não vou comprometê-lo... por isso não podemos ser vistos juntos por aí... só lhe peço que... amanhã ou depois, me mostre Jandira... onde mora... depois disso, pode ir embora, para onde quiser, quanto mais longe ficar do Rio será melhor...

– Melhor para você? – perguntei.

– Melhor para você também – respondeu.

Produtos naturais

Cheguei ao hotel e mais uma vez, com o sangue cigano e as pernas nômades, pensava em fazer as malas. Uma viagem, ou uma mudança definitiva, ir morar em Minas, São Paulo, Paraná, em qualquer canto, bem distante do Rio. Preferi tomar um banho, estendi-me nu na cama e fiquei pensando no que acabara de me acontecer.

Levara Oscar no meu carro até a Barra da Tijuca. Mostrei-lhe a casa onde Jandira morava. Ele ficou esquisito, olhando a casa, uma casa típica da Barra, com telhas coloniais, uma varanda cheia de redes que não pareciam usadas, a entrada do carro ao lado.

Oscar pareceu entrar em transe, reparei em seus olhos. Eles registravam a casa, as janelas e portas, o pequeno muro e o portão que dava para a rua.

Depois de algum tempo, em que decorou mentalmente a casa inteira, ele se voltou para mim:

– E ela?

– Bem, isso vai depender da sorte... mais adiante tem um supermercado, um *shopping*, agências de banco... lanchonetes... ela deve aparecer por lá... mas não sei como nem quando...

E como adivinhara o que ele estava planejando:

– Ela tem motorista... ficou viúva e rica, deve ter seguranças...

Oscar nem ouviu. Examinava mais uma vez a casa, comendo-a com os olhos. De repente, voltou para o carro e me chamou:

– Vamos. Não preciso mais voltar aqui... só me falta agora conhecer sua tia...

Levei-o ao *shopping*, o maior da Barra. Lembrei-me que a vira saindo da agência de um banco, mostrei o banco a Oscar.

– Pronto. Acho que fiz tudo o que você queria... mostrei-lhe a casa, os lugares em que a pode encontrar... eu mesmo, se quisesse encontrá-la, teria de ficar limitado a isso, a casa... o *shopping*...

Pensei melhor e acrescentei:

– A menos que eu resolvesse telefonar... não seria nada de mais... afinal, é minha tia...

– É mais minha do que sua – comentou Oscar, com um sarcasmo que ainda não havia reparado nele.

– É evidente que não vou telefonar... desejo ajudá-lo... mas não a este ponto...

– Não precisa... basta que fiquemos por aqui, volta e meia daremos uma volta até a casa, tão logo apareça você apenas dirá: "É ela!" E pronto, pode sumir. Será bom nunca mais nos vermos... eu voltarei para a Europa... provavelmente Espanha... Manuela gosta de lá... tem parentes em Málaga...

Fomos a uma lanchonete, sentamo-nos a uma mesa dos fundos que dava vista para a porta do banco e para a entrada principal do *shopping*.

Pedimos cerveja. E como não tínhamos o que falar, bebemos em silêncio. Eu notara uma contradição em Oscar. Ele dissera que não devíamos ser vistos juntos, mas ali estávamos, sentados num lugar público, centenas de pessoas passando à nossa frente. E se Jandira não aparecesse, e ficássemos ali ou nas proximidades esperando por ela, fatalmente seríamos notados.

Ia expor essa contradição mas não foi preciso. Sabe-se lá, o destino dos ciganos, o fato é que Jandira naquele instante entrou no *shopping*. Não foi ao banco, ia a outro canto. Não estava muito diferente da última vez que a vira. Emagrecera um pouco, andava firme, não demonstrava a idade que tinha. Era claro que se cuidava, tanto se cuidava que entrou numa loja que vendia produtos naturais.

Com meu copo, toquei no copo de Oscar.

Ele me fixou. Com os olhos, procurou ter certeza.

Respondi com a cabeça e olhei na direção da loja em que Jandira havia entrado, quase ao lado do banco.

Oscar levantou-se. Devagar, mais devagar do que geralmente andava, foi até a loja. Também entrou. Demorou uns cinco minutos. Saiu antes dela, voltou para a nossa mesa, bebeu um gole de cerveja e me avisou:

– Ela já vai sair...

Pouco depois, Jandira saía. Levava uma sacola pequena, cor de cenoura, com pequenas caixas dentro. Passou pela porta do banco, hesitou um instante, ia entrando, pensou um pouco, dirigiu-se para a saída, sumiu na multidão que entrava e saía do *shopping*.

Minutos após, fomos nós que saímos.

Dirigi-me ao estacionamento, mas Oscar me deteve pelo braço. Senti pela primeira vez, na minha carne, aqueles dois dedos em garra. Não sei por que, tive mais nojo do que medo:

– Ela é bonita ainda... e se cuida... disse para a vendedora que a atendeu que ia fazer ginástica numa academia aqui perto, guardei o nome... vou passar por lá...

Depois que vira a sua vítima, parecia que Oscar hesitava.

– Não acha que devemos nos separar?

– Sim... você foi perfeito... – respondeu.

Ele falou aquilo de um modo estranho, parecia uma queixa, não contra mim, mas contra ele próprio.

Com voz diferente, sem firmeza, uma voz que não parecia vir dele, acrescentou:

– Agora... sou eu que tenho de ser perfeito...

Olhei-o com espanto. Oscar parecia vacilar. Até aquele momento, cumprira o pacto, o código. Apesar de não ter sangue cigano, ele achava que devia cumpri-lo

Encorajei-o:

– Quando você estrangulou Silvana... não foi perfeito?

– Foi diferente. Ela me roubou de minha mãe. Eu seria um gadjo se ela não tivesse me roubado. Silvana tinha de ser castigada por mim. Cumpri a minha parte.

Fez uma pausa. Olhou-me de maneira esquisita, não sei se com pena ou desprezo:

– Quem devia matar Jandira é você. Ou alguém que ame você e faça o serviço... que seja cigano completo, que tenha sangue cigano de verdade.

parte 3

O indigitado

Ela

Decidi continuar a vida de sempre. Curiosamente, senti-me aliviado. Passara parte da vida, até então, buscando um cigano sem um dedo, um cara que devia ser eu mas não era. Fora longe demais, mas o encontrara. Isso me satisfez, mostrou que eu era capaz de perseguir uma idéia, cumprir uma missão.

Até o limite do possível, fizera o que devia fazer e o que desejava fazer. Quando notei que Oscar passara a me procurar e finalmente me encontrara, percebi que alguma coisa mudara em mim. Não era mais o senhor. Alguém me buscara, como se busca um cofre cheio de moedas ou cheio de nada, só pelo prazer de buscar. Nem importa o que seja encontrado.

Daí em diante, eu que era um ser ativo, tornei-me um animal passivo. Tão passivo que chegara ao ponto de não reagir, de me submeter a Oscar, levá-lo à casa de Jandira, mostrá-la. Tinha a impressão de saber o que aconteceria com ela. Afinal, eu me vingara nela, da forma que um gadjo se vingaria. Mas fora uma vingança incompleta, e até certo ponto inútil. Ela gostara daquela posse brutal.

Fosse outro eu, fossem outros meus motivos, até poderia aproveitar, ficaria lá mesmo, na casa dela, aturando Ubiratan mas me compensando com a mulher dele, a diferença de idade não era nada para os meus 13 anos.

Ou, talvez, aquela posse nem fosse uma vingança em si, mas uma circunstância, passávamos parte do dia sozinhos, ela com a minha idade aproximada de hoje, eu adolescente, sabendo que a qualquer instante teria a minha primeira vez.

As duas hipóteses fariam sentido. Vingança ou desejo davam na mesma. E de certa forma ela se vingara também, pois quando arranjou outros amantes, me denunciou ao marido, embora o marido nada pudesse contra mim, a não ser aquela calhordice que me obrigou a mudar de contador, e acho até que mudei para melhor.

O caso de Oscar era diferente. Ele me contara como matara Silvana. Era, sem dúvida, uma culpada. Roubara o garoto de outra cigana. E logo após o trocara por um gadjo, que era eu. Um eu mutilado, com aquela garra. Oscar cresceu resignado a ser o que era ou devia ser, um cigano integral, perfeito, realizado. E para se realizar, obedeceu ao código de honra que faz da vingança uma virtude, um ato de justiça individual que o deus dos ciganos aprecia e recompensa.

Só me repugnou, na história que me contou, o estrangulamento, ter usado a garra formada por aqueles dois dedos, o médio monstruoso, que parecia um bicho autônomo dentro da mão mutilada.

Entre os ciganos, um caso de morte, morte justificada, moralmente aceitável, não representa um acontecimento mas uma decorrência natural. Oscar teve a ajuda de outros ciganos para ir embora, viveu na Europa uns tempos, conheceu Manuela, seguia grupos ciganos oriundos da América Latina, em Praga encontrou ciganos nascidos no Brasil, decidiu voltar, já nenhum cigano se lembrava de Silvana. E a sociedade dos gadjos nem deu importância a uma cigana a mais ou a menos.

O único ponto que Oscar não dominara fora o meu encontro com ele. Mas alguma coisa, dentro de nós, dentro de mim e dentro dele, marcara aquele encontro em algum lugar do mundo. E ficou aberta, diante de seu destino, uma outra missão, que eu seria incapaz de cumprir e que ele teria de cumprir por mim e por ele.

Voltando à minha vida de sempre, aos poucos fui esquecendo Oscar, esquecendo Manuela. Saía à rua e tinha a certeza de que eles não estavam ali, me espionando. Sabia que nunca mais esbarraria com eles. E isso me tranqüilizava.

Quanto à Jandira, há muito não pensava nela.

E não pensaria mesmo, se não fosse aquela manhã em que, indo caminhar no Aterro, passei pela banca dos jornais para comprar um isqueiro.

Enquanto esperava pelo troco, olhei o jornal aberto do lado de fora da banca. Havia a foto de uma mulher, foto de algum documento, tipo 3 x 4, muito ampliada. Parecia alguém que eu conhecia.

Jornal mal impresso, foto ampliada demais, ficava difícil reconhecer a mulher que fora assassinada na véspera – a manchete do jornal falava em crime na Barra.

Cheguei mais perto e pude ler o nome da legenda.

Era ela.

A mala

Para surpresa do dono da banca, comprei o jornal. Todos os dias eu passava ali, em direção à praia, ou para dar uma caminhada no Aterro. Nunca, nunca mesmo, comprara jornal, volta e meia, comprava um maço de cigarros, eventualmente um desses isqueiros descartáveis.

Ele me olhou com satisfação e, ao mesmo tempo, com curiosidade. E quando percebeu que comprara o jornal por causa da foto da mulher, fez uma cara de cumplicidade:

– Mataram a viúva... ainda dava caldo...

A foto era antiga, de algum documento de identidade, Jandira estava realmente bonita, mas tinha aquele ar idiota das mulheres que deixam a vida passar, fora assim na mocidade, quando me trocaram por um cigano, fora assim mais tarde, quando se deixara possuir por mim, no alto da escada, e de uma forma que certamente nunca experimentara. Ubiratan não devia ter imaginação nem libido para possuí-la assim. Fora assim quando se descuidara e o marido ficou sabendo que ela o traía com um ou com vários amantes, fora assim quando, surrada com suspensórios, disse o meu nome por vingança ou cálculo, achando que com isso diminuiria a culpa.

Agora estava ali, na primeira página do jornal. Não fazia sentido, ela não merecia ser vítima de um crime, e crime de morte ainda por cima.

Li o noticiário, pouco fiquei sabendo além do que imaginava. Ela fora encontrada na sala da casa. O assassino não roubara nada, não houvera luta, ela não reagira.

Além de nada roubar, o assassino não a estuprara. A única observação feita inicialmente pela polícia era também do meu conhecimento: o criminoso possuía uma força extraordinária nas mãos, tal a violência com que a estrangulara.

Pensei em voltar para casa, desistindo de ir à praia. Mas afinal, era o meu único divertimento, andar na areia, tomar sol, se a água estivesse limpa, dava um mergulho, nadava um pouco, naquele trecho o mar costuma ser manso, só em dia de ressaca fica perigoso.

Ao cruzar a segunda pista do Aterro, joguei o jornal numa cesta de lixo cor-de-abóbora, com o aviso em azul: "Mantenha limpa a sua cidade".

Curiosamente, não sentia nenhuma emoção especial. Meu mundo, que já era pequeno, reduzia-se ao essencial: eu somente, eu só, eu sozinho. Foi assim que me senti quando, depois do primeiro mergulho no mar, deixei de pensar em mim e nela. Pensei em Oscar. E ao pensar nele, descobri que colaborara naquele crime. Afinal, eu indicara a casa de Jandira. Eu a mostrara. E, acima de tudo, eu sabia que ele, obedecendo àquilo que chamava de "código", achava-se no direito de matá-la, não por crueldade, mas por sina, por destino, por lida.

E mais curioso ainda: não me sentia culpado. Fora uma peça do mecanismo, desde que fora trocado por Oscar. Se a morte de

Jandira não fazia sentido, a engrenagem que a matara era lógica, inevitável.

Saí da praia, já passava do meio-dia. Fiz um ligeiro almoço na padaria que sempre freqüentava, comprava pão, mortadela ou presunto, bebia uma cerveja, sentia-me alimentado até o jantar, quando então fazia uma refeição quente.

Passei novamente pela banca, o jornal que ali estivera aberto havia desaparecido.

– Vendeu tudo – disse-me o jornaleiro, quando percebeu que eu olhara naquela direção.

E acrescentou, com alguma ironia:

– Até gente que não compra jornal, nem revista, nem nada, hoje comprou. Assassinato de pobre não vende. Mas quando é uma viúva rica, todo mundo quer saber como foi.

No apart-hotel, o porteiro estava lendo o mesmo jornal. Levantou os olhos quando me viu chegar e dirigir-me ao elevador de serviço – eu estava de calção, ainda molhado do mar.

– Vieram dois homens procurá-lo – informou ele, e logo voltou ao jornal.

Subi ao apartamento, temendo que os dois homens estivessem no corredor, me esperando.

Não havia ninguém.

A primeira vontade foi fazer a mala, tomar um banho e sair do Rio. Fatalmente a polícia estaria me procurando, não como suspeito, mas como parente único da vítima. E eles chegariam a mim, a esta altura, o escritório de contabilidade que gerenciava os bens dela já devia ter informado à polícia que eu era seu único sobrinho, e onde morava.

Cheguei a colocar algumas roupas na mala, mas desisti. Se fugisse, de testemunha, que poderia dar algumas informações sobre a tia, eu poderia ser considerado suspeito pelo fato de ter ido embora logo após o crime.

O mais sensato era ficar. E embora tudo aquilo me aporrinhasse, eu estava inocente, não fora eu – e pronto, nada tinha a temer. E se me batessem, forçando-me a dizer o que não queria, eu poderia contar o que sabia, denunciaria Oscar, que a esta altura deveria estar longe, não faria aquilo sem que tivesse um plano de fuga, ele e Manuela deviam estar voando para algum lugar bem distante, em qualquer parte estariam no mesmo lugar.

Mas a hipótese de revelar o que sabia era impossível. No fundo, Oscar fizera aquilo por mim, eu é que deveria ter cumprido o código deles. E, além do mais, talvez por imposição do meu sangue cigano, eu não me sentiria bem delatando ninguém.

Estava decidindo ficar quando bateram à porta. Fui abrir, sabendo mais ou menos quem era.

Dois homens perguntaram se eu era eu. Quase respondi que não, mas demoraria explicar. E seria uma forma de delação.

– Sim, sou eu mesmo.

Os policiais olharam para minha cama, onde a mala aberta já tinha algumas roupas.

– Vai viajar?

– Não... cheguei a pensar em ir a Minas, descansar um pouco... mas perdi a vontade... ia desfazer a mala...

– O senhor conhece esta senhora?

E me mostrou, não a foto que saíra no jornal, mas uma outra, em que Jandira e Ubiratan estavam voltando de um cruzeiro a bordo de um navio.

– Conheço. É minha tia. Não me dava com ela... há muitos anos não me dava com ela...

– Bem, ela foi assassinada. O senhor não está intimado, está convidado a ir à delegacia da Barra...

– Acabei de dizer que não a via há muitos anos, uns cinco ou seis...

– O senhor dirá isso em seu depoimento.

Eu ainda estava de calção, pedi licença para tomar banho e vestir uma roupa. Eles concordaram.

Quando saí do banheiro, enrolado na toalha, fui procurar uma camisa que já colocara na mala.

Um dos policiais colocou-se à minha frente.

– Não. Por favor, não mexa na mala...

– Eu queria uma camisa...

– Não complique, por favor, seja bonzinho e vista outra camisa...

– Mas a que está na mala...

– Esquece a mala. Ela será levada à delegacia...

– Eu não ia mais viajar...

– Não estamos dizendo o contrário. Mas ela será peça do inquérito...

– Estão suspeitando de mim? É um absurdo!

– Nossa obrigação não é suspeitar, mas levá-lo à delegacia. A mala também irá, com as roupas dentro dela, se o senhor for considerado suspeito, ela será uma prova de que ia sair da cidade... Em princípio, isso não prova nada... tudo vai depender do depoimento que o senhor dará.

Um dos policiais fechou a mala e levou-a. Eu me vesti, coloquei na carteira todo o dinheiro que tinha em espécie e um talão de cheques. Não sabia o que podia acontecer comigo mas desconfiava que, tendo dinheiro na mão, poderia, quem sabe, me livrar de complicação maior.

Quando o elevador chegou à portaria e o policial que me acompanhava abriu a porta, as luzes me cegaram. Três ou quatro fotógrafos explodiram seus *flashes* na minha cara.

O indigitado

Não faz muita diferença ser intimado ou convidado a prestar declarações à delegacia. Até então, minha única promiscuidade com o aparelho policial fora escassa e funcional: para obter passaporte, quando fui ao exterior, e quando tirei a carteira de identidade, onde me lambrecaram os dez dedos e eu perguntei ao funcionário que me atendia como seria a identificação digital de um cara que só tivesse nove dedos.

O funcionário nunca pensara na hipótese, e nunca tivera esse tipo de problema. Mesmo assim, respondeu que deixaria um espaço em branco na ficha de identificação e ali escreveria: "Ausente".

Foi a palavra que me veio à cabeça quando me perguntaram quem eu era. Devia responder: "Ausente." Afinal, eu não era eu, tal como fui identificado na delegacia da Barra: filho de fulano e fulana, nascido a tantos de tantos, na circunscrição do Méier. Quem devia estar ali, sendo assim identificado, era o outro Oscar.

Fizeram-me muitas e variadas perguntas. Todas elas tinham uma direção: provar que eu matara Jandira. Não tinha álibi algum, respondi com a verdade quando me indagaram onde passara e o que fizera na noite anterior, ou seja, na noite ou madrugada do crime.

– Fiquei em casa, quer dizer, no apart-hotel onde moro há bastante tempo.

– Tem alguma testemunha que possa confirmar isso? – foi a pergunta seguinte.

– Não. Mas também não tenho nenhuma testemunha que diga o contrário.

– É o que veremos – disse o comissário que me interrogava.

Ele fez um aceno para os policiais que me trouxeram. Os dois abriram uma porta ao lado e de lá vieram com a mala, aberta como um esquife em velório.

– Esta mala é sua?

– É.

– E as roupas que estão dentro dela também são suas?

– Eu não iria botar roupas dos outros na mala que pretendia levar.

– Quer dizer que o senhor reconhece que ia para fora... ia viajar assim de repente... tinha algum compromisso fora do Rio ou... ou ia apenas descansar uns dias... embora o senhor não trabalhe... não faça nada na vida...

Eles já haviam tomado informações a meu respeito. Não adiantava mentir nem esconder nada, isso evitaria complicações. Mas como não fora eu o assassino, nada teria a temer, a verdade terminaria aparecendo.

– Sim... vivo de rendas... bens que os pais me deixaram, não é muita coisa mas dá para viver... por que iria trabalhar se não preciso de muito dinheiro?

– Bem, o senhor pode não ter muito dinheiro, mas sua tia tinha uma fortuna, uma rede de papelarias na cidade, terrenos, jóias, ações na bolsa... e o senhor é o único herdeiro... sabia disso?

– Devia saber mas nunca pensei nisso. Não me dava com ela, morei uns tempos lá, depois decidi viver sozinho...

– Brigou com a tia?

– Não exatamente... o marido dela é que não gostava de mim.

O comissário tirou um caderninho de notas do bolso de seu paletó e nele tomou alguns apontamentos. Enquanto isso, um funcionário batia numa máquina de escrever pré-histórica, registrando perguntas e respostas.

– O senhor tem advogado?

– Não. Tenho um contador.

– Acha que é a mesma coisa? O senhor vai precisar de um bom advogado...

– Sinceramente, discordo do senhor, não tenho do que me defender... se o senhor acha...

– Eu não acho nada! – disse o comissário.

Levantou-se, foi à janela, olhou lá fora.

– O pessoal da Técnica já chegou? – perguntou ao policial que passava pelo corredor que levava àquela sala.

– Não. Vai demorar, houve problema com o material... acho que só à noite ou amanhã teremos o resultado da perícia.

O comissário conferiu a hora em seu relógio de pulso. Mecanicamente, fiz o mesmo, embora não tivesse nenhum interesse em saber que horas eram.

– Bem, o senhor já prestou declarações... como convidado, evidentemente... não temos ainda nenhum indício de que o senhor será enquadrado num inquérito de homicídio premeditado. Temos indícios, e fortes, de que o senhor seria o beneficiário da morte de sua tia... e o fato de estar fazendo a mala para viajar é outro indício que eu considero forte... quase diria, definitivo.

O telefone tocou, ele atendeu com má vontade, rosnou algumas palavras que não faziam sentido para mim. Quando desligou o aparelho, comunicou-me em tom desolado:

– O senhor está dispensado. Por hoje, entenda bem. Pode voltar para casa... mas aconselho-o a não fugir, nem tentar... estará vigiado, três homens ficarão no seu hotel, a menos que se atire pela janela...

– Não farei isso, garanto. Moro no oitavo andar.

– E já que aceitou um conselho, aceite um segundo: arranje um advogado. Tão logo receba os laudos da Técnica, pedirei sua prisão preventiva...

– O senhor acha mesmo que eu matei a tia?

– Eu não acho nada... simplesmente informarei no inquérito aquilo que formos apurando... os autos é que darão elementos para o júri condenar ou absolver o senhor...

– Já me considera criminoso? Não pensou que todas as evidências podem embaralhar o caso e impedir que a polícia chegue ao verdadeiro culpado?

Ele admitiu:

– Isso já tem acontecido... aliás, acontece com freqüência... mas não em seu caso, que é transparente do ponto de vista policial: o senhor tinha motivos para querer a morte da tia, e preparava a fuga...

Sentou-se novamente, pegou um bloco e nele escreveu alguma coisa. Destacou uma folha e me entregou.

– Leve isso. Agora não é um convite. É uma intimação... o senhor está intimado a comparecer a esta delegacia amanhã, às dez horas. Se tentar fugir do Rio, será preso e preso responderá ao inquérito.

Fez um gesto aos policiais que haviam ficado atrás de mim, certamente para impedir que eu saísse desembestado pelo corredor da delegacia.

Como chegara à Barra em viatura policial, estava sem carro. Pensei em esperar um ônibus que me levasse ao Catete. Mas não conhecia nada daquele trecho e tinha pressa de me mandar o quanto antes do pesadelo que começara a viver.

Tomei um táxi amarelinho que passava em frente à delegacia. Dei o endereço ao motorista, que precisou abaixar o volume do rádio que ouvia. Descobri que estava atordoado com a mesma sinceridade com que me sabia inocente.

A música do rádio acabou, entraram uns comerciais, em seguida um repórter entrou na linha. O crime da Barra não era apenas o crime do dia. Era o assunto.

O camarada deu as notícias referentes ao meu depoimento na delegacia, parecia ter interesse pessoal no caso. Repetiu com entusiasmo profissional o que eu acabara de dizer, 15 minutos atrás. Foi dele que, afinal, ouvi a classificação que merecia: após repassar as informações que lhe haviam dado ou que ele esquecera de dar até aquele momento, concluiu com absoluta autoridade:

– "Após o interrogatório preliminar, o indigitado ficará à disposição da polícia em liberdade vigiada."

Achei que a palavra não apenas definia minha situação, mas me definia por inteiro.

O indigitado.

Grades

Não fazia diferença. Saber que dois homens, um deles barrigudo, sempre suado, o outro magrinho, mas com cara irritada de quem sofria dos nervos, estavam do lado de fora do meu apartamento. E que havia um outro, mulato engomado, de terno e sapatos brancos, na portaria, vigiando a minha liberdade.

Eu vivera até então sem eles, mas era como se eles ali estivessem desde a Criação do Mundo, inarredáveis, eternos. Daí talvez a minha insistência em buscar alguma coisa fora de mim mas que fosse minha. E assim dera com os costados em Praga, onde encontrara o outro Oscar.

Oscar, o Verdadeiro.

Eu era o Oscar, o Indigitado. E estava preso, ou melhor, estava em liberdade vigiada porque seria o assassino de uma mulher na Barra da Tijuca que por acaso era tia do Oscar, o Verdadeiro.

Tudo muito complicado, como a própria vida dos gadjos – e eu não era um gadjo, embora vivesse como.

No dia seguinte, acordei e esperei ser levado novamente à delegacia. Como nada acontecesse, à tarde abri a porta – fato que emocionou os dois policiais que agora eram outros.

– Como é? Alguma novidade? – perguntei.

Um deles respondeu, olhando-me com surpresa – era a primeira vez que ele me via e certamente não me achou com cara e cheiro de assassino:

– Nada. O laudo da Polícia Técnica ainda não chegou.

– Posso sair... dar uma volta... mexer as pernas?

– Pode. Mas nós vamos atrás.

– Como queiram.

Desci com eles no elevador, lá embaixo havia o outro policial, um jovem até simpático, que parecia se iniciar na carreira. Pensei que fosse se incorporar à escolta mas as instruções que ele tinha eram de guardar a portaria, não apenas para impedir minha fuga, mas para fiscalizar se alguém me procurava, se eu recebia visitas ou correspondência.

Fiz o meu itinerário de sempre, em direção à praia, passei pela banca dos jornais e fui saudado pelo dono que me olhou de forma respeitosa. Como não ameacei comprar qualquer jornal, ele não agüentou. Chamou-me de doutor:

– O doutor já viu o jornal hoje?

E apanhou um exemplar, onde, na primeira página, estava a foto tirada na véspera, quando saía do elevador para ir à delegacia e os *flashes* explodiram na minha cara.

Lá estava o meu nome, acrescido de um indigitado: "Oscar X, indigitado autor do crime da Barra".

Era uma consagração. Andei dois, três quarteirões, fui até o Largo do Machado, não sei por que, ao passar pelo bar que freqüentava, me lembrei de Dora, filha de diplomata, que agora devia estar em algum lugar do mundo.

Somente no dia seguinte, muito cedo até, antes das sete, bateram à minha porta. Os dois policiais do primeiro turno, o magrinho enfezado e o barrigudo suado, lá estavam.

– Vamos indo. Chegou o laudo da perícia.

Pensei que ia à mesma delegacia da Barra. Estranhei quando fizemos itinerário diverso.

– Vocês não estão enganados? – perguntei.

Nem me responderam. Mas vi a placa de metal ordinária na parede da portaria do prédio onde entramos: "Delegacia de Homicídios".

Fizeram-me esperar um tempão. Serviram-me um café intragável, num cone de papel equilibrado numa pequena base de plástico vagabundo. Às nove horas nada havia acontecido. Na sala de espera que me destinaram, passavam policiais, funcionários mal nutridos de escritório, nem me olhavam, suspeitei que alguma coisa de errado estava acontecendo, ou comigo ou com os outros.

Finalmente, eram quase dez horas, um sujeito me chamou e me levou ao gabinete do delegado, que não era o titular mas o substituto, e que estava encarregado do caso. Surpreendeu-me estendendo a mão – coisa que nenhum deles, nos dois últimos dias, havia feito.

– Delegado Moraes Sobrinho – apresentou-se.

Indicou-me uma cadeira – coisa que o comissário da Barra também não havia feito.

– A perícia demorou um pouco mas valeu a pena esperar. O criminoso que matou a sua tia deixou impressões em toda a casa, entrou por um basculante quebrado na cozinha, ela estava dormindo, as duas empregadas também dormiam, não viram nada. O assassino devia ser um amador... não roubou nada mas mexeu em várias coisas, procurava alguma coisa que não achou...

Imaginei Oscar procurando alguma coisa numa casa estranha para ele. Compreendia o resto, ter esganado Jandira, cumprindo o código que eu não soubera cumprir. Mas ficar andando pela casa, correndo o risco de acordar as empregadas e a própria Jandira, isso não fazia sentido. Controlei-me para não revelar surpresa. Eles suspeitariam que eu sabia do crime e ficaria mais encalacrado do que já estava.

– Foi sorte sua o criminoso ser amador... embora tenha sido esperto o suficiente para sumir... mas por pouco tempo... deixou impressões em quase tudo... inclusive e naturalmente no pescoço da vítima.

O delegado abriu a gaveta central da mesa, tirou um maço de fotos.

– A perícia demorou nos laudos porque fez questão de obter boas fotos da vítima... o criminoso tinha uma força descomunal nos dedos... quer ver?

Empurrou o maço em minha direção. Honestamente, eu não estava interessado em ver a Jandira esganada, mas as fotos eram ampliações de seu pescoço, o rosto não aparecia.

Examinei duas, três fotos sem interesse. Como amador, não compreendia a importância das impressões da mão de Oscar. Fatalmente os peritos teriam descoberto que o assassino não tinha o dedo indicador, eu tinha, isso me livraria de qualquer suspeita.

Devolvi as fotos, percebi que o delegado estava satisfeito por saber que eu não era o criminoso.

– Ainda bem que não era um profissional... se fosse, não teria deixado tantas impressões e eu teria de solicitar sua prisão preventiva... todos os indícios o acusam... mas... olhe aqui...

O delegado parecia entusiasmado com as provas ali em sua mesa. Pegou uma das fotos, colocou-a de forma que eu pudesse verificar a existência das marcas deixadas no pescoço da vítima:

– Olhe aqui... o pescoço dela, na montagem de cinco fotos pegando todo o pescoço, fotos tiradas horas depois do crime, já em processo de rigidez cadavérica... as marcas estão aqui... todas, os dez dedos do criminoso... uma força descomunal...

– Dez dedos?!

O delegado estranhou a minha reação. Achou-a divertida.

– Pode contar, dez dedos, cinco de cada lado do pescoço...

Embora não tivesse comido nada naquela manhã, apenas o café no cone de papel servido na sala de espera, senti vontade de vomitar.

Por mais que me controlasse, era fácil perceber que eu ficara transtornado.

– Sim... os dez dedos do criminoso, cada um deles com as impressões digitais bem claras... as mesmas que foram encontradas em vários cantos da casa...

Tirei o lenço do bolso da calça para enxugar um suor inexistente na testa. Precisava fazer qualquer coisa para ocultar o meu pasmo. Então... então Oscar falhara... pedira a outro para matar Jandira... não, não fazia sentido, ele já estava agindo em meu nome, cumprindo a vingança que eu deveria cumprir, não entendo o código dos ciganos, sou um gadjo porque vivi e vivo no meio de gadjos, mas ele não faria isso... tinha de ser ele, afinal, já se vingara da cigana que o raptara, estrangulara Silvana no cumprimento de seu código. Depois de mim, seria ele por direito e dever que mataria Jandira...

Esses pensamentos me levaram para longe da delegacia. Sentia vontade de fazer uma besteira, dizer que não era possível, o assassino só tinha nove dedos...

– Compreendo a sua emoção – estava dizendo o delegado numa frase cujo início eu não ouvira. – Tudo o incriminava, e agora, tudo o absolve... vamos continuar procurando o criminoso, e o senhor estará livre para... para... muita sorte sua... vai entrar numa grana forte... sua tia estava rica... muito rica...

Entrou um funcionário com uma bandeja e – Deus existe! – xícaras de porcelana e um bule de café. O delegado devolveu as fotos para dentro da gaveta, o funcionário pousou a bandeja na mesa.

– Não se deve comemorar nada aqui... numa Delegacia de Homicídios... mas o senhor tinha tantos indícios contra si que fatalmente seria preso, pegaria uma pena pesada, crime premeditado, sem dar à vítima direito de defesa, motivo torpe... pena para uns 30 anos de cadeia...

Aceitei o café. Tirante a xícara, que era de porcelana barata, dessas de botequim, o café era tão detestável quanto o outro.

Quando me despedi, o delegado quis ser amável, achou de sua obrigação pedir desculpas "por qualquer coisa". Acompanhou-me até a porta da sala:

– Vamos precisar do senhor, mais cedo ou mais tarde... afinal, é o único parente da vítima, tanto na instrução do processo como na fase judiciária, será intimado a prestar informações sobre sua tia... Mas fique tranqüilo. Não mais o incomodaremos. Tenha um bom dia. O senhor não é mais indigitado.

Salto alto

O delegado ofereceu-me um carro, afinal, a polícia me tirara de casa, nada de mais que me devolvesse ao hotel. Além de ser inocente, eu não era mais o indigitado.

Agradeci, mas recusei a cortesia. Queria ficar sozinho, tinha no que pensar e só sabia pensar sozinho, aliás, só sabia viver sozinho.

E como acontece em momentos assim, eu nem sabia por onde começar. Teria de me habilitar aos bens deixados por Jandira, isso não seria problema, o escritório do Magalhães teria prazer em arranjar o que fosse preciso, aumentaria meu movimento e o dele, e como eu não precisasse de muito dinheiro para viver como vivia, e como pretendia continuar vivendo, o assunto podia esperar.

Inquietante era saber que Oscar não matara Jandira. Um enigma desdobrado em duas perguntas: Por que Oscar falhara? Quem, a não ser Oscar e eu, teria motivos para matar Jandira?

O delegado me garantira que a prisão do assassino seria fácil, ele deixara impressões pela casa toda, inclusive no pescoço da vítima.

Não entendo nada de polícia, mas acho improvável achar um criminoso tendo como pista apenas as impressões digitais. Elas servem para provar que determinado suspeito é realmente o assassino. Podem servir também para eliminar uma porção de potenciais assassinos, como foi o meu caso. Mas chegar ao verdadeiro criminoso unicamente por meio das impressões dos dedos devia representar um trabalhão, conferir todas as fichas dos institutos de identificação.

Contudo, o policial estava seguro quando falou que nas próximas horas chegaria ao criminoso. Um criminoso com dez dedos. Logo, não podia ser Oscar, que só tinha nove. Mas o único que sabia disso era eu.

Seria eu, para ser completo. Mal cheguei perto do hotel, percebi que estava sendo seguido por alguém. Não podia ser ninguém da polícia. E era mulher, ouvia o barulho de seus passos, usava salto alto.

E foi por aí que me assustei. Àquela hora do dia, e naquele lugar, as mulheres andam de tênis, ou sandálias, nenhuma delas usa saltos altos.

Bem verdade que as ciganas, geralmente, e não sei por que, costumam andar de saltos altos. E foi aí que me virei, esperando ver o que vi.

Manuela.

Perguntas sem respostas

Ela fez um gesto pedindo cuidado. Continuei andando em direção ao hotel, ao chegar à portaria, ela se adiantou e me segurou pelo braço. E só então reparei que estava vestida de cigana mesmo, saia estampada e rodada, a blusa larga deixando soltos os seios enormes. Nunca a vira assim, devia estar com roupa igual quando nos encontramos em Praga, mas não prestara atenção nela.

Aqui no Rio, todas as vezes em que a via, ela estava de *jeans*, tênis, o uniforme mais ou menos oficial da carioca Zona Sul. Mesmo assim, estranhando seu visual, não me perturbei.

O porteiro perturbou-se por mim. Nos anos em que morava ali, ele nunca me vira subir com mulher alguma. Quando precisava alugar alguma, incluía no preço que lhe pagava o quarto dela ou da amiga dela. No período em que Dora passou por minha vida, eu é quem ia a seu apartamento, na praia do Flamengo.

Nos últimos dias, o porteiro, e não só os porteiros, mas os outros moradores, eventuais ou fixos, muito se espantavam com as minhas recentes atividades, antes eu não chamava atenção, era discreto, não fazia barulho, pisava de mansinho. A presença de policiais e fotógrafos havia me transformado numa personalidade.

Como não devia explicações nem ao porteiro nem a ninguém, segurei Manuela pelo braço e entrei com ela no elevador.

Apesar de curta, a viagem deu para que examinasse o seu rosto. Um rosto assustado e, ao mesmo tempo, decidido. Ia perguntar que diabo era aquilo, eu a imaginava longe do Rio, com Oscar, num avião em cima do oceano, indo para a Europa, para a Espanha, para Málaga, para a puta que pariu.

E ela ali estava, vestida de cigana, com os seios enormes, pedindo-me com os olhos que nada falasse.

E nada falei, nem mesmo quando abri a porta do apartamento e ela se atirou no sofá, que era a peça mais importante, por ser única, da pequenina sala que antecedia o quarto.

Fechei a porta, abri a janela que dava para a rua, de lá podia ver as palmeiras do jardim do Palácio do Catete. E recebia um pouco da viração da praia e do ruído das pistas internas do Aterro.

Quando me voltei e encarei Manuela, tive a impressão de que ela ia chorar, ou tinha vontade de chorar. Não sei se as ciganas costumam chorar, devem chorar como qualquer mulher, mas o choro delas me parece um emblema, ou para usar a palavra que Oscar tanto apreciava, um código. Não choram quando devem chorar.

Não sou entendido em ciganos, nunca me preocupei em saber como eram as mulheres da raça que afinal era a minha. Desconfiava que eram estranhas, estranhíssimas, mas não àquele ponto. Manuela me encarou com raiva e perguntou:

– Onde está Oscar?

Procurei disfarçar o espanto:

– Eu ia lhe fazer a mesma pergunta.

Manuela me olhou, examinando-me bem, para ver se eu mentia, se estava escondendo alguma coisa.

– Você não sabe mesmo? Ele desapareceu.

– Desapareceu como? Vocês não iam para a Espanha?

– Sim, estava tudo combinado... ele saiu anteontem, no início da tarde, foi à Barra, deveria se encontrar comigo no Galeão, um avião para Buenos Aires que sairia às sete horas. De lá, no mesmo dia, pegaríamos um Ibéria para Madri. Esperei até que o avião da Aerolineas Argentinas partiu, ele não apareceu. Os bilhetes estão comigo...

– E ele não entrou em contato com você depois disso?

– Não. O combinado era não haver contato. Ele iria para o aeroporto encontrar-se comigo. Sempre foi perfeito.

– Nem tanto – disse eu.

– Então você sabe alguma coisa?

– Não sei muita coisa, apenas o importante: Oscar não matou Jandira. Ele falhou.

Manuela levantou-se do sofá.

– Você não conhece o Oscar!

E mudando de tom, um tom que não conhecia nela e que me pareceu enigmático:

– E muito menos me conhece.

Ao levantar-se, ficou próxima a mim. Seus seios bateram no meu peito e, apesar da ocasião ser tão embrulhada, senti violento desejo por ela.

Como não lhe dei resposta, houve silêncio entre nós. Ela devia estar pensando em Oscar.

Eu procurava me controlar para não agarrá-la, vivia uma fase de surpresas, e o desejo que agora sentia por ela podia não ser o mais explicável, mas era o mais urgente.

Ela percebeu que a desejava. Ficou surpreendida também. Perguntou, com humildade:

– O que está acontecendo?

Não foi a pergunta, que seria normal àquela altura. Foi o tom de voz submisso. Tom de voz que equivalia a uma entrega. Era, afinal, uma cigana diante de um cigano desgarrado, mas cigano. O outro Oscar, com toda a vivência de cigano, no fundo era um gadjo.

Nós dois ali, com muitas perguntas a serem feitas, de repente vimos que estávamos nus.

As marcas

Uma semana depois, um policial apareceu no apart-hotel, apresentou-se e convidou-me a ir à Delegacia de Homicídios.

Fiz questão de saber:

– Convidado ou intimado?

– Convidado – informou o homem.

Manuela não gostou. Quis ir comigo. Tal como no caso de Oscar, em Praga, ela queria me proteger.

– Não precisa – disse o policial. – O convite é só para ele.

No carro que nos levava, procurei saber a razão do convite. Perguntei se já havia outros suspeitos.

– Não. O único indigitado, até agora, foi o senhor.

Foi a minha vez de não gostar.

O delegado me recebeu com a cara fechada:

– Desculpe a amolação, mas tive de convidá-lo mais uma vez...

– Alguma coisa que eu possa ajudar?

– Sim... o senhor pode ajudar...

Reparei que em cima da mesa estavam as fotos do pescoço estrangulado. À primeira vista, pareciam as mesmas que ele já me mostrara.

Pediu-me que sentasse à sua frente.

– Estamos com alguns problemas para encontrar o criminoso... não era tão fácil como pensávamos... talvez o senhor não se lembre, mas quando lhe mostrei esta foto...

Ele apanhou a foto mais ampliada de todas.

– Esta foto aqui, lembra-se? O senhor ficou admirado... admirado porque nela havia a marca de dez dedos...

Fiz esforço para que ele não percebesse minha confusão.

– Todo mundo tem dez dedos – disse com a calma possível.

– Justamente por isso. Não havia razão para o senhor estranhar a marca dos dez dedos...

– Não sei... nunca estrangulei ninguém... mas acho que com quatro dedos se pode estrangular uma pessoa...

Fiz um gesto com as minhas mãos, mostrando como imaginava um estrangulamento.

– Sim... o senhor tem razão, com quatro dedos, os polegares e os indicadores de cada mão, é possível matar alguém... sobretudo uma mulher, que tem músculos menos fortes no pescoço... num homem precisaria mais força... talvez dos dedos todos...

– Bem, se o senhor me convidou para saber como se mata uma pessoa, com dez ou com quatro dedos, sinceramente, acho que não posso ajudar em nada...

O delegado apanhou uma lupa.

– Pegue esta lupa e examine bem esta foto... aqui... do lado esquerdo do pescoço... veja as marcas dos cinco dedos da mão direita do criminoso... estão bem nítidas...

Realmente, com o auxílio da lupa via-se perfeitamente a marca dos dedos, mais das unhas talvez, cravadas na carne do pescoço.

– Repare esta marca aqui... a segunda... um pouco mais abaixo da outra... a marca feita pelo dedo indicador do assassino...

Levei um susto. Seria a marca de um dedo inexistente? Onde, diabo, o delegado queria chegar?

– Para um leigo como eu, não dá para perceber nada de anormal...

O delegado tirou a foto de minha mão, guardou-a junto com outras, abriu uma pasta e dela tirou uma outra foto. Era um detalhe ampliadíssimo da mesma marca.

– Esta foto aqui está mais ampliada... veja só...

Peguei a lupa. Olhei com atenção. Era um borrão mas havia uma parte menos borrada do que outra.

– Será isso? – perguntei, mostrando a ligeira falha.

– Exatamente.

– E o que significa?

– Significa que o criminoso tem um defeito na ponta do dedo indicador...

– Bem, isso facilita a busca... acho eu...

– Conhece alguém que tenha uma falha neste dedo?

A pergunta me pegou desprevenido. Até aquele momento, não pensara nele. Mas agora via Magalhães me mostrando seu dedo indicador, explicando que perdera uma lasca dele, numa guilhotina de papel, quando trabalhava numa gráfica...

– Desculpe se insisto, mas preciso saber... o senhor conhece alguém que tenha este defeito no dedo?

O delegado deve ter percebido a minha perturbação. Tinha pouco tempo para decidir se dizia sim ou não. Mas era um absurdo imaginar Magalhães matando Jandira.

Fiquei calado mais tempo do que devia.

– Bem, não precisa dizer nome nenhum... encontramos nos fichários muita gente com defeito no indicador da mão direita... mas somente uma pessoa poderia estar ligada ao caso... sabia que o seu contador tem este defeito?

– Não sei... nunca prestei muita atenção nele... quando vou lá sou atendido por algum de seus funcionários... tem uma senhora que cuida dos meus papéis... só vejo Magalhães raramente...

– É. Ele tem este defeito. E é seu contador... com procuração para representá-lo no Registro de Imóveis, na Receita Federal... ele administra todos os seus bens, o senhor vive disso, não?

– Vivo, e, honestamente, não tenho o que reclamar dele. Acho um absurdo a suspeita...

– Não, pelo amor de Deus, nós não suspeitamos dele... tal como no seu caso, ele não é mais suspeito. No primeiro momento, o suspeito mais evidente seria o senhor... depois ele... mas o criminoso deixou impressões em toda a casa... inclusive no pescoço da vítima... e as impressões do seu contador são outras... embora o aleijão no indicador direito não deixe de ser uma coincidência.

Por sorte minha, um contínuo entrou no gabinete, trazendo papéis para o delegado assinar. Papéis de rotina, que ele assinou maquinalmente. Aproveitando a pausa, perguntei:

– O senhor me chamou aqui para isso? Para dizer que o meu contador também foi suspeito do crime, tal como eu fui?

– Mais ou menos... Sinceramente, eu imaginava que o senhor teria alguma coisa a acrescentar sobre o Magalhães. Ele vai ganhar um cliente importante agora, cuidando de sua herança... já contratou até um advogado especialmente para isso...

– Sim, é verdade, o escritório dele era pequeno, ou melhor, era médio... aos poucos está se tornando um grande escritório...

– Isso mesmo... um grande escritório... se a polícia investigasse apenas naquela base do "a quem interessou o crime", tanto o senhor como o seu contador continuariam suspeitos...

Fez uma pausa, recolheu as fotos, guardou-as na pasta.

Estendeu-me a mão direita:

– Obrigado por ter vindo.

Instintivamente, olhei sua mão. Estavam lá os cinco dedos, sem nenhuma falha ou marca. O delegado era inocente.

Quem?

O mundo podia ser um teto vasto também para mim. Em criança, quando os outros meninos iam para a escola ou brincavam na rua, eu preferia deitar no quintal e ficava olhando as nuvens formarem dragões, ovelhas, países imaginários. O meu mundo, ainda no tempo em que eu não sabia que era cigano, já era um teto vasto, um céu azul.

Não foi culpa minha. Vim a saber que os ciganos não têm sentimento de culpa, por isso são livres em qualquer parte. Ao contrário dos judeus, cristãos e muçulmanos, esmagados pelo pecado original, os ciganos não têm culpa coletiva a expiar. As culpas são sempre individuais, intransferíveis, devem ser punidas não pelos outros mas pelas vítimas e seus herdeiros.

Um cristão nasceu na rua Lins de Vasconcelos, 214, com um dedo a menos. Um cigano, em qualquer lugar por aí, nasceu completo, sem defeito de fabricação.

Até aquele desfecho, todos fizeram o código funcionar, cada qual fazendo a sua parte. Silvana raptou um garoto que não era dela e o trocou por um outro que ela achava melhor, por ser gadjo. Levou um menino aleijado, que mais tarde, sempre em cumprimento do código, a estrangulou.

Jandira foi a voz passiva de um código que não era o dela. Por sua culpa, eu fora trocado por outro, devia justiçá-la, e encontrei alguém que o fizesse por mim. Vivendo no meio de gadjos, eu não sentia o apelo da vingança, a necessidade de cumprir o código.

Oscar teria encontrado alguém que se vingasse por ele, dentro do código milenar dos ciganos? Não sendo cigano, ele cumprira a sua parte, matando a cigana que o raptara, que o tirara do mundo dos gadjos. Nem precisava ser cigano para isso. Vingara a responsável pelo seu destino de nômade, arrancado de sua família, de seu mundo. Qualquer um, cigano ou gadjo, poderia fazer o mesmo.

Para completar a vingança, cumprindo o tal código cigano, ele teria de matar Jandira, mas era preciso ser cigano de verdade para isso. Jandira era gadja, como ele próprio era gadjo. E como os ciganos se entendem entre si, de alguma forma os gadjos também se entendem nas coisas essenciais.

Por isso, ou por qualquer outra razão, Oscar vacilara no momento de matar Jandira. No fundo, era um gadjo, como no fundo eu era um cigano. Quem deveria matar Jandira seria eu mesmo, mas vivera até então como não-cigano, com outros valores, ou melhor, sem nenhum valor.

A fome de vingança devia fazer parte de minha herança. Corrompido pela vida comum de um gadjo comum, vingara-me a meu modo, ajustara contas com Jandira no alto de uma escada, comendo-a daquela maneira.

Também para Oscar, a minha vingança poderia bastar. Afinal, também ele era um homem incompleto, e não apenas pela falta de um dedo. Fugiu como um gadjo.

E quem o teria substituído? A quem ele teria pago para matar Jandira?

Teto vasto

Para satisfação do dono da banca na esquina da praia, que passou a me considerar freguês importante, todos os dias lia os jornais. Meu nome não aparecia mais, nem mesmo como indigitado. O noticiário começava a minguar, raramente se falava no crime da Barra.

Fui chamado ao escritório do Magalhães. Conforme o delegado me dissera, ele contratara um advogado para cuidar exclusivamente dos meus interesses, que seriam mais complicados. Basta dizer que o testamento de Jandira era tão embrulhado que nem havia testamento.

Curioso que nem ele nem eu falamos sobre o crime. Tanto eu como ele havíamos sido suspeitos, nem eu me abri com ele, nem ele se abriu comigo. Fizemos de conta que de nada sabíamos, que não haviam suspeitado de nós.

O inventário de Ubiratan, as quatro papelarias, os estoques e bens, arrastava-se no Foro, tinha como beneficiária única a mulher que a lei chamava de concubina.

Magalhães adivinhou que podia ganhar com aquilo tudo. Ofereceu-me uma mesada por conta do que um dia seria meu. Evidente que jamais me meteria a ser dono de papelarias, vender cadernos, canetas e lápis... a Justiça promoverá um leilão que me livrará de todos os bens, só me interessa o aumento de renda.

Terei agora despesas maiores, necessidades que nunca tivera antes. Magalhães, seus contadores e seu novo advogado cuidarão de tudo, abrirei conta num banco internacional, Magalhães me recomendou o Boston, o Credito Italiano e um outro, na Suíça.

Ficarei com Manuela. Talvez vá para Málaga mesmo, diz ela que é perto de Granada, perto de Sevilha, cidades que mexem com a alma cigana.

Para mim, tanto faz Málaga ou Cascadura. O mundo é um teto vasto. Com Manuela, eu cumpria à minha maneira o meu código, que eu prefiro chamar de destino.

Volta e meia, procuro lembrar a primeira vez que vi Manuela. A primeira vez que a vi e não vi, num beco sem saída de Praga, à luz de uma fogueira. Eu procurava outra coisa e de certa forma a encontrei. E ela a mim. No código dela, havia uma falha, tal como havia uma falha na mão de Oscar, onde faltava um dedo. Só agora, ao meu lado, ela vive o seu código de cigana. Foi abandonada por um gadjo que vivera no meio de ciganos e encontrara um cigano de verdade mas que vivia como gadjo.

Nunca mais tocamos no nome de Oscar. O que teria havido com ele naquela noite? Por mais que pretendesse cumprir seu código, ele não estava agindo por si. Teria encomendado a morte de Jandira a outro cigano? Não, era impossível, não faria sentido. Ele já cometia uma violência, ao se encarregar de cumprir a vingança por mim. Não podia odiar Jandira, embora fosse realmente a sua tia de sangue. Mataria por direito e por dever – dentro do código dele, não haveria crime.

E por que não o fizera? E por que abandonara Manuela? Eram muitos porquês mas não me competia fuçar o destino, nem o meu, muito menos o dos outros.

Como esperava, o noticiário sobre o crime da Barra foi minguando, minguando, até que desapareceu. Outros crimes surgiram e ninguém mais se lembrava do caso, nem mesmo a polícia.

Manuela, sim, me parecia a única pessoa que pensava naquilo, não tanto pela morte de Jandira, que lhe era indiferente, mas pela fuga de Oscar, que o desmerecia, e no início a fizera sofrer.

Durou pouco este tempo de acomodação. Aos poucos, ela foi descobrindo que o código dela passava por mim, e me aceitou. Pouco a pouco, foi perdendo os penduricalhos ciganos, passou a vestir-se e a viver como eu.

As embrulhadas do inventário demoraram mais do que supunha. Quando chegaram a um resultado parcial, achei que Magalhães podia tomar conta de tudo e eu ficava livre para ir aonde quisesse, como verdadeiro cigano, que agora o era.

Pegamos um navio italiano que durante o verão faz cruzeiros pelo litoral brasileiro. Quando a estação muda e o verão se transfere para outro hemisfério, ele volta para Gênova, fazendo antes escala em Barcelona.

Lá, decidiríamos onde ficar, se descíamos em direção à Andaluzia, à Málaga que Manuela tanto falava. Não fiz nenhum esforço para convencê-la a aceitar outro destino dentro do destino que nos unira.

Pode parecer fetichismo, mas ela gostava de minha mão. Gostava dos meus dedos, gostava principalmente do indicador. Dormia chupando o meu dedo, e tinha alguma coisa de infantil nesta mania.

Uma noite, ela estava quase gozando e enfiou sua mão inteira na minha boca. Me fez chupar dedo por dedo.

O orgasmo dela aconteceu quando chupava seu dedo indicador. Nunca havia reparado, mas era diferente dos outros. Não, não tinha nenhuma falha, pelo contrário, tinha carne demais sob a unha, que fazia uma pequena ponta, como um esporão.

Ela não percebeu a minha surpresa.

No dia seguinte, me procurou pelo navio, foi à cabine, à piscina, a todos os lugares onde eu podia estar.

Foi me encontrar no final de um deque, na parte da popa, sozinho, deitado no chão, olhando o céu, teto vasto e azul.